JN273390

李《イ》康《ガン》白《ペク》戯曲集
ホモセパラトス

秋山順子訳

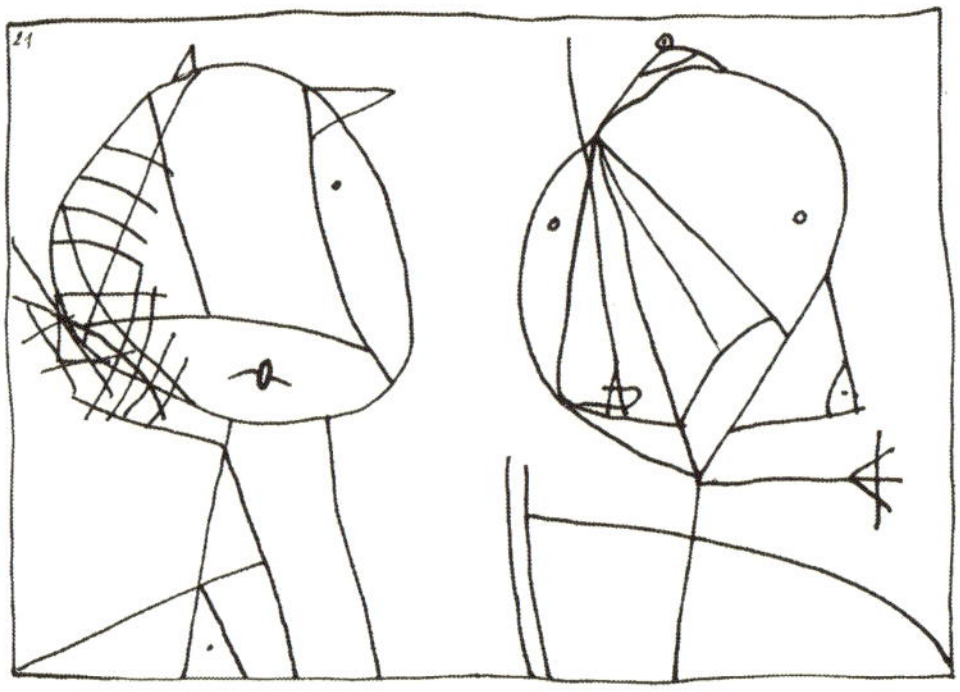

影書房

Japanese translation rights directly arranged with the author

目次

◆カバー／扉　カット
アンジェイ・ヴァルチャック

作者の言葉

この戯曲集には「ホモセパラトス」「プゴテガリ」「野原にて」の三作品が収められています。ハングルで書いた戯曲を翻訳されたのは秋山順子先生です。二〇〇五年に影書房から刊行された最初の戯曲集『ユートピアを飲んで眠る』も、秋山先生が翻訳してくださいました。

「ホモセパラトス」はラテン語の Homo Separatus を題名にしたもので、「分け隔てられた人々」という意味です。一九八三年九月に、ソウルで初めて公演されました。題名が暗示しているように、分断状況を扱ったものです。両側に分け隔てられたところに暮らす人々は、互いに敵対感を抱き恐れあっています。とりわけ、相手を知ることができず、長いあいだ遮断されていれば、分け隔てられた人々の不安と憎悪はいっそう重複されます。「ホモセパラトス」には、剥製師が重要な人物として登場します。彼は不安と憎悪を利用して、両側の人たちを剥製にします。

この作品はベネズエラ国際劇芸術協会が主催する第三世界戯曲コンクールで、特別賞を授与されました。賞を与える理由をスペイン語で紙にいっぱいに書いて送ってきたのですが、わたしは残念ながらスペイン語を読むことができません。それでわたしなりに、特別賞の理由を次のように推測しました。それは分断された国の劇作家が書いた戯曲に与える賞ということです。

「プゴテガリ」は、一九九三年が初演でした。この作品はソウル公演が終わってから地方巡回公演をし、はるばるロスアンジェルスと沖縄でも公演しました。そして、幸いにも興行的に大きな成果を挙げ、「韓国日報」の〈百想芸術大賞〉を授与されました。「プゴテガリ」が沖縄で公演することができたのは、俳優の伊藤巴子先生のおかげです。

沖縄で伊藤先生に初めてお会いしたときに、先生はソウルの公演を観てとても感動した、すぐにこの作品を日本語に翻訳して上演したいと言われました。わたしはそれをたんなる儀礼的称賛と受け取ったのですが、伊藤先生はほんとうにそれを実行されました。一九九五年十一月、「劇団仲間」は日本語になった「プゴテガリ」を俳優座劇場で公演しました。さらにこの戯曲は同年十二月号の『悲劇喜劇』誌に掲載されています。「プゴテガリ」は四人共同で翻訳されたのですが、翻訳者は岸山真理というペンネームになっていました。このうちのひとりが秋山先生だったのです。

「プゴテガリ」は小さな倉庫の中が舞台です。その倉庫の中に、二人の倉庫番が暮らしています。倉庫番のひとりは真面目に物品整理をし、ひとつでも間違いが起きると、それによって大きな問題になると使命感をもって働いています。もうひとりの倉庫番は大ざっぱに働いて遊ぶのを楽しみ、物品を間違えても、世の中には何の問題も起こりはしないと気楽に考えています。日本がそうだったように、韓国も農耕社会から急速に産業社会に変わりました。さらに今では後期産業社会といわれています。

農耕社会では、いつ種を蒔いていつ採り入れをしなければならないかをよく知っています。それだけではなく、自分の暮らしがどうなのかもよく知っており、世の中がどうなっていくかについても、多くのことを知っています。しかし、産業社会では自分の所属している、ごく狭い部分だけを知っているだけです。つまり、小さな倉庫の中に暮らしているのと同じなのです。倉庫の外ではどんなことが起こっているかを、まったく知ることができません。この作品は、もし世の中が間違っているならば、個人の誠実とか正直などは何の意味があるのかと問いかけているのです。

「プゴテガリ」という題名は、外国語に翻訳するのが難しいようです。ドイツ語に翻訳したシルビア・ブレジェル氏が、タイトルを変えようと申し出たほどです。ドイツには〝プゴ〟という干し魚はないようです。それで出版するときに、この作品の題名は「魚は魚だ」(Fisch ist Fisch) となりました。まったくおかしなタイトルでしょう。ポーランドでも、この作品は翻訳出版されたのですが、題名の意味は「生き生きした魚の頭」に変わりました。

「プゴテガリ」の最後の場面は、ひとり残された倉庫番が明太の頭を持って独白します。ある観客がこの場面を見て、わたしに「ハムレット」の墓場の場面で、ハムレットが頭蓋骨を手に取って独白する様子を連想したと言いました。わたしはそれを聞いておかしくなり笑ってしまいました。人間の頭を持って独白すれば名作になったのに、魚の頭を持って独白したものだから、駄作になったのでしょう。

一幕劇「野原にて」は一九九九年に書きました。中学校三年の国語教科書に載せる戯曲を依頼されて書いたものです。平和に暮らしていた野原が巨大な壁で分け隔てられ、仲の良い兄と弟が相手を憎んで暮らすという悲劇的内容です。「野原にて」は放送作家であり、劇作家でもある津川泉先生が日本語に翻訳し、演出家の宮田慶子先生が、東京の「アウルスポット劇場」で、日本の高等学校の生徒たちとともに朗読公演をしました。それが二〇〇九年六月でした。宮田先生は「野原にて」が「韓国だけの特殊な状況ではなく、人間が暮らすところならば、どこにでも現れる普遍的状況と解釈して演出した」とわたしに語っています。その言葉を聞いた瞬間、ベネズエラから送ってきたあの特別賞選定の書信のことを思い浮かべました。わたしが解読できなかった、あのスペインからの手紙には、宮田先生が話された普遍的状況が書いてあったのでしょう。

わたしの戯曲集が日本で出版されるのは、あたかも粉々になった彫刻の片割れが、奇跡のようにひとつに合わさったようなものです。「プゴテガリ」を公演するために、伊藤先生は秋山先生に日本語の翻訳を依頼され、秋山先生はそれを契機に、わたしが書いたほかの戯曲にも関心を持たれるようになりました。そして韓国で出た『李康白戯曲集』（全七巻）をすべてお読みになったのです。いま一週間に三回も透析治療を受けながら、この十七年間、ひたすらわたしの戯曲の翻訳に時間と情熱のすべてを傾けてこられました。そして秋山先生のご健康は極度に悪化し両目が不自由な状態になりました。一心専力、あたかも命を削られるような秋山先生のお仕事ぶりを見るにつけ、わたしの心は粛然といたします。このお姿を見守っていられる松本昌次先生の気持ちもまったく同じでありましょう。

松本先生と秋山先生は、「未来社」でともに働き、「影書房」の創立にも当たられたパートナーでした。松本先生は日本の出版史に大きな業績を残された方です。きら星のような作家や学者たちの名著が、松本先生の手を経て出版されました。その中にはわたしが尊敬する劇作家の木下順二先生の評論集も入っています。

松本先生は、韓半島が分断されたのは日本にも原因があると、その責任を重く考えていられます。だから分け隔てられた人々の悲しみと苦痛を理解し、とくに日本でマイノリティとして生きている在日朝鮮人に深い関心をもち、問題の核心を明らかにする書物を出してこられました。それらの書物は松本先生でなければ、出版することができないものです。わたしの戯曲集もそうです。収録された作品の傾向で見当をつけられたのでしょうが、編集から出版まで松本先生の本づくりには執念がこもっています。

わたしは、この戯曲集が「影書房」から出版されることをとてもうれしく思います。一冊だけでなく二冊も出して下さったのですから、わたしの喜びがどれほどのものかは、十分おわかりいただけるでしょう。

二〇一二年十二月一日

ソウルで　李康白

（翻訳＝舘野晳）

野原にて

登場人物

兄
弟
測量技師
二名の助手
多数の人々

場所

野原

■舞台

舞台後方に野原の風景を描いた掛け図がかかっている。鮮やかな黄色のタンポポ、赤いブリキの屋根、白黒まだらの雌牛たちが描かれた野原の風景は、童画的な美しい挿し絵を連想させる。もし劇場や大会堂でない教室でこの演劇を公演する場合、掛け図の絵の代わりに黒板にいろいろな色のチョークで野原の風景を描いて使用する。

この演劇の小道具は組み立て式の壁、展望台である。教室で公演する時は組み立て式壁は机で、展望台は椅子で代用することができる。小物のタンポポの花、杭、銃は実物の形と似せて作る必要がある。

（幕が上がる。兄と弟、野原で絵を描いている。兄は右側、弟は左側に、イーゼルを立てて水彩絵具と筆を使用する彼らは楽しそうに口笛を吹いたり、歌を歌う。兄、弟に近寄って絵を見る。）

兄　やあ。うまいなあ！　とてもすばらしく描けているじゃないか！

弟　景色がいいから絵がうまく描けるんですよ。

兄　お前は腕がいい。

弟　兄さんの方がずっと腕がいいですよ。

兄　いいや。ぼくはお前ほどうまくは描けないよ。

弟　（兄の絵のある所に行って感嘆する。）兄さんの絵もすばらしいです！

兄　ああ、そうかな？

弟　ええ。青い野原、小川の水、淋しい小道、まっ黄色に咲いているタンポポの花、のんびりと草を食べている雌牛たち……とても美しくて平和な風景ですね。

兄 ぼくはまだ家を描いていなかった。なのにお前はすでにぼくたちの住んでいる家まで描きあげているんだね。野原の真ん中に赤いブリキの屋根と、白い煙が立ちのぼっている煙突。

弟 ぼくはここでいつまでも兄さんと暮らしたいです。

兄 ぼくもお前と一緒に幸せに暮らしたいよ。

（兄と弟、親しく抱き合う。）

兄 ぼくたちのこんな光景を亡くなられたご両親がご覧になられたらば……。

弟 きっとあの空の上から眺めておられることでしょう。

兄 本当にありがたいご両親だ。このように良い所をぼくたち兄弟に遺してくださったなんて！

（兄、周囲に咲いているタンポポの花を手折って弟に差し出す。）

兄 野原に咲いているこのタンポポの花に懸けて誓おう。ぼくたち兄弟はいつまでも仲よく暮すことを。

弟 そうです。（タンポポの花を折って兄に差し出して）このタンポポの花がぼくたちの誓いの証人です。

（兄と弟、満足した表情でタンポポの花をやりとりする。彼らはそれぞれの絵の前に戻って行く。）

兄 ぼくはまだ家を描かねばならない。

弟 ぼくはあの青い空と太陽を描きましょう。

（兄と弟、熱心に絵を描いている。測量技師と二名の助手が登場する。測量技師は三脚の測量機をたてて、照準鏡を覗きながら助手たちに手まねで合図する。測量技師の前には一名の助手が目盛りのついた標示棒を持って立っている。測量技師の後方にいるもう一人の助手が、測量が終わった地点ごとに杭を打って縄を結ぶ。測量技師と助手たちは兄と弟の間を分けて置く。）

兄　（怒った様子で）もしもし！　もしもし！

測量技師　（平然として）わたしたちのことですか？

兄と弟　（測量技師に近付く）あなたたち、今何をしているのですか？

測量技師　測量をしているのですよ。ご覧のとおり。

弟　ここはぼくたちの土地です。なぜいきなり入って来て杭を打って縄を張るんですか？

測量技師　（助手たちに命令口調で云う）お前たち、何しているんだ？　早くこの土地の主人たちに挨拶をしろ！

一人の助手　こんにちは！

別の助手　今日はいい日和ですね！

測量技師　ああ、私の紹介もしなければね。私は測量技師です。

兄　ぼくたちは測量をお願いしたことはありません。間違っておいでのようですが、早くこの野原から出て行ってください！

測量技師　わたしたちは実習に来たのです。

兄と弟　なに……実習に来たって？

測量技師　ええ。今日は天気がのどかなので助手たちをつれて野外実習にやってきました。（目を細めて野原を眺め回し）このまま放っておくのは惜しい土地だな！　工場用地として開発して売ったり、住宅地として分譲して売ればうんと金が儲かるだろう！　ところで、なぜそんなに怒るんですか？

わたしたちを見るやいなや大声をだして、拳までつきあげるなんてあんまりひどいじゃありませんか？

兄　（弟に）ぼくたちがあんまりひどかったって……？

弟　そういうんですか……？

測量技師　わたしの助手たちは測量の経験がないのです。それで実習に出て来たのですが、何の説明もなく杭を打ちまくるものだから怒っておられるようですね。

弟　そのとおりですよ。あらかじめ知らせてくださっていたら、ぼくたちは喜んで承諾したでしょう。

測量技師　おふたりは安心して絵でもお描きになってください。

兄　ところで実習が終わったらあの杭はどうするのですか？

測量技師　心配しないで下さい。わたしたちがまた抜きますから。

弟　縄は？

測量技師　むろん縄もかたづけて行きますよ。（助手たちに）さあ、あの前の標示棒をこちら側に立てろ！　そして後ろには杭を打て！

（測量技師と助手たち、作業を進行しながら退場する。兄と弟の間には一直線のロープが腰の高さほどに張られている。兄と弟は絵を描きながらも気にかかる杭とロープを眺める。）

弟　兄さん、あまり心配しないで。測量実習を終えれば彼らがかたづけるといいましたから。

兄　彼らが忘れてそのまま帰ったらどうする？

弟　そしたらぼくたちがかたづけてしまいましょう。

兄　それもそうだな。ぼくはよけいな心配をした。ところで、屋根を描く赤い絵具を貸してくれないかい？
弟　こちらへ来て持っていって下さい。
（兄、ロープの前でどうやって越えようかとためらう。腰の高さのロープを飛び越えようとしたが、ロープの下をくぐって弟のところに行く。弟は赤い絵具を兄へ貸してやる。）
兄　ありがとう。
弟　足りないものがあったらいつでも越えてきて下さい。
兄　（ロープの下を這って自分の場所に戻ってくる。）お前も越えてこいよ。ぼくにあるものなら貸してあげるから。
弟　ぼくは空色が足りないです。
兄　こっちに来て持って行きな。
（弟、ロープをぴょんと飛んで越えてくる。兄は弟に空色の絵具を貸してやる。）
兄　不便だなぁ。越えていくのが……。
弟　だけどおもしろいですよ。
兄　おもしろいって？
弟　ええ。（ロープを越えて来て）ほら見て下さい。ぴょんぴょん飛び越えて行くのがおもしろいなあ！
兄　昔を思いだした。ぼくたちは子どもの時こんな遊びをしたよな。じゃんけんぽんをして勝った人は縄を飛び越えることができるけど、負けた者は越えることができないという遊びだった。
弟　兄さん、ぼくも今その遊びを思いだしていました。

兄　またやってみようか？
弟　いいですよ！　じゃん、けん、ぽん！
兄　じゃん、けん、ぽん！
（兄と弟、縄を挟んでじゃんけんぽんをする。弟が勝つ。彼は兄の方に飛び越えて行って、意気揚々と威張ったふりをして自分の方へ戻って来る。弟は三回も兄に勝って、同じような行動を繰り返す。）
兄　止めよう、止めだ！
弟　どうしてですか？
兄　お前はぼくより遅れて出す！　ぼくがチョキを出すとお前は待っていてグーを出して、ぼくがパーを出すとお前はそれを見たあとでチョキを出すじゃないか！
弟　ぼくは兄さんと同時に出しましたよ！
兄　ぼくは絵を描かねばならない。（戻って自分の絵の前に歩いて行き）もうお前とは遊ばない！
弟　兄さんはぼくに負けてばかりで悔しいんでしょうね？
兄　お前はぼくをだまして勝ったんだ！
弟　ちがいます！　兄さんが今怒っているのは弟であるぼくが勝ったからです。兄は常に勝つべきものので、弟はいつも負けるものだ、それがまさに兄さんの固定観念でしょう！
兄　あらかじめ警告しておくけれど、ぼくの許可なしにはこちら側に越えて来るな！
弟　兄さんもぼくの土地に越えて来ないで下さい！
（弟、自分の絵の前に戻って行く。兄と弟は黙ったまま絵を描く。）

兄　待てよ……あれはなんだ、驚いたな！　（弟にむかって叫ぶ。）おい、あそこにあるぼくらの家を見ろ！

弟　ぼくたちの家？

兄　そうだ！

弟　ぼくたちの家がどうかしたんですか？

兄　ぼくは今までぼくらの家は野原の真ん中にあるものだと思っていた！　ところがそうじゃない！測量技師が張った縄を見てみろ。ぼくたちの家は真ん中じゃなく、ちょっと右側にあるじゃないか！

弟　そうですね。ぼくたちの家は右側にありますね……。

兄　右側はぼくの方だ。

弟　兄さんの方にあるので、ぼくたちの家を兄さんは一人じめしようとするんではないんですか？

兄　お前はぼくの許可なしに家に入ってはならん！

弟　兄さん、あれはぼくたちの家です！　ぼくたちが二人で一緒に住む家ですよ！

兄　お前がいるそちら側もぼくらが一緒に暮らしていた土地だった。なのにお前はぼくを、ただの一度も越えられなくした！

弟　それは誤解ですよ、兄さん。いつでもこちら側に越えて来て下さい！

兄　いまは越えて来いって？

弟　ええ、兄さん。

兄　ぼくがなんのためにそっちへ行かねばならないんだ？　（弟に顔をそむけて絵を描きながら）ぼくは家をつづけて描かねば。

弟　いいですよ、兄さんは家を自分のものにして下さい。けれどぼくは雌牛たちをいただきます。

兄　雌牛たちをいただくって？

弟　あの野原を見てください。雌牛たちはいま左側に、つまりぼくの方にいます。

兄　どうしてみんなお前の側にいるんだ？

弟　ぼくの方に食べ頃の草がたくさんあるからでしょ。ぼくは家畜たちを育てて財産を作ります。そして兄さんの家よりももっと大きい家を建てるんです！

兄　家を大きく建てようが小さく建てようがお前の勝手にしろ！　しかし家畜たちは自由なままにしておけ！　お前の土地の草をみなとって食べれば、またぼくの土地に越えてくるだろう！

（測量技師と助手たち、登場する。）

測量技師　どうですか、わたしたちの腕前は？　正確に両側にわける測量技術には驚かれたでしょう。（助手たちをほめる。）君たち、ほんとうによくできた！　素晴らしく熟練した手並みだ。

助手たち　ありがとうございます。お誉めいただいて。

一人の助手　事実、わたしたちはこのような仕事を何回もやったものね。

別の助手　測量をした後には土地を奪いとったよ。実に巧妙な方法でね。

測量技師　しぃっ、言葉に注意しろ！

助手たち　はい、わかりました。

測量技師　（先に兄に近づいて尋ねる）測量は終えましたから次はどんな仕事をしましょうか？

兄　それをなぜわたしに尋ねるのです？

測量技師　わたしたちの仕事を正確にするためですよ。杭と縄を抜いてさしあげましょうか？

兄　いや、そのままにしておいて下さい。

測量技師　（弟の方へ越えて行って尋ねる。）どうしましょうか？　あなたのお兄さんは杭と縄をそのままにしておけというんですが

弟　縄は弱いものです。もっと頑丈なものはありませんか？

測量技師　もっと頑丈なものといえば……？

弟　家畜たちが越えて行けないほど頑丈なものが必要です。

測量技師　それこそ鉄条網もあるし、高い壁もありますよ。

兄　（弟に向かって怒る）お前、何のまねをしようとするんだ？

弟　兄さんはぼくのすることに関わらないで下さい！（測量技師に）鉄条網よりは壁がいいですね。（手を頭の上に高くあげて）これぐらい高い壁を積み上げれば何も越えて来ることはできないでしょう！

兄　なに、高い壁？　お前とぼくの間を完全に塞ごうというのか？

測量技師　わが助手たちは有能なのでさまざまの副業をしているんですよ。（助手たちを手招きで呼ぶ。）こっちへ来い！　この方に親切に説明して差し上げろ！

（助手たち、弟に近づく。）

一人の助手　このような野原には組み立て式壁がいいです。

別の助手　設置する時間もいくらも掛かりませんし、費用も安いですよ。

一人の助手　そうです。レンガを積み上げるくらい頑丈ですよ。

別の助手　品質はわたしたちが保証いたします。

弟　いくらですか？　ぼくは現金がないので……。

測量技師　今すぐ現金がなければ土地でも大丈夫ですよ。

弟　土地で……？

測量技師　ええ。今お持ちの土地の半分を下さい。

弟　（ためらって）だけど……両親から遺してもらった土地は……。

測量技師　それでも土地をあげて壁を作るほうがいいですよ。家畜の牛たちがあちら側に越えていってしまえばあなたは大損害じゃありませんか？

弟　いいです。土地の半分を差し上げますから壁を設置して下さい。

（助手たちは壁の工事をはじめる。彼らは衝立て式の壁を運搬して来ると、素早く組み立てて縄に添って立てる。兄と弟の間は壁で塞がれる。）

兄　ひどいな、こんな壁ができるとは！

弟　兄さんのせいですよ。家も家畜も自分のもの、兄さんのそんな欲張りがなかったら、ぼくは本当は壁のようなものはつくらなかったでしょう。

兄　信じられない。お前がこんなことをするなんて……？

弟　むろんつらいことですが……。兄さんと完全にわかれて暮らすなんて……。そうだ、壁は間違っている。ぼくがひどすぎたんだ。

兄　お前だけのせいではない。ぼくのせいでもある。ぼくがちょっと気分を悪くして、お前に家に入ってくるなといったのが間違いだった。そんなぼくをお前はどんなに恨んだろうか……。

弟　兄さんに間違っていたとあやまらねばならない。

兄　お前にごめんねといわねばならない。

（兄と弟、壁に近づく、しかし彼らはしばしためらう。）

弟　でも兄さんがぼくを許さなかったら、どうなるんだろう？

兄　ごめんねといってもだめだったら……？

弟　ぼく一人独立して暮らすことも悪くないはずだが……。もうちょっと考えてみなければ。

兄　だけど兄としての体面がある、ぼくが先にいうことはできない。

弟　絵を描きながら考えて見よう。

兄　弟が先にいい出すまで待つのがいいな。

（兄と弟、各自の絵に戻って行く。彼らは絵を描く。晴れていた空が曇って、激しい風がふいて来る。）

兄　風がはげしくなってきたな……。

弟　雲行きがあやしくなってきた。

（測量技師、多くの人をつれて兄の地域に登場する。）

測量技師　見て下さい！　この野原がわたしがみなさんに分譲してさしあげる土地です！

人びと　すばらしく広い所だな！

一人の人　わたしは工場を建てたいです。

別の人　商店はどこがいいでしょうか？

また別の人　まず住宅から建ててみよう。

人びと　ところで、壁のこちら側の土地だけ分譲するのですか？

測量技師　こちら側から見渡して下さい。それからあちら側の土地も見るようお願いします。

（人びと、兄の地域を見渡して調べてみる。測量技師、絵を描いている兄に近づく。）

測量技師　まだ絵は完成しないんですか？

兄　ええ。あの壁のために……。

測量技師　（絵を眺めて）絵の中に壁を描いているところなのですね。

兄　もう美しい野原ではありません。ぼくの絵を見るのも嫌になりました。

測量技師　わたしが見ても絵が見苦しいですね。

兄　ところであの人たちは誰ですか？

測量技師　この土地を買う人たちですよ。

兄　ぼくの土地をですか？　ぼくは絶対にぼくの土地を他人には売りません！

測量技師　むろん今はそうでしょう。しかし結局この野原はあなたたち兄弟のものではなく、わたしの所有になるでしょう。

兄　とんでもないことといわないで下さい！

（人びと、兄の土地を回って見て退場する。測量技師は壁に近づいて耳を傾ける。）

測量技師　ふしぎなほど静かです。一体あっちでは何をしているのでしょうか？

兄　ぼくのように絵を描いているのですよ。

測量技師　こんなに静かなのはおかしいですよ。もしかすると……あちら側の弟が兄の家にこっそり入ろうとしてトンネルを掘っているのではないでしょうか？

兄　トンネルを掘れば騒音が聞こえるはずですが？

測量技師　土の中から掘るのにどんな音が聞こえますか？（兄に近づく。）いずれにしてもあちら側がどんなことをしているのか、確かめてみなければなりません。

（測量技師、ズボンのポケットからホイッスルをとりだして吹く。すぐに助手たちが待ちかねたように登場する。彼らは車輪がとりつけてある展望台を引きながら入って来る。）

兄　これは……なんですか？

測量技師　監視用展望台です。下には移動しやすいように車輪が取りつけてあって、上には強烈な光をだす探照灯を装置してありますよ。上がって見てください。自動で探照灯は点されて、壁の向こうのあちら側を隅々まで見ることができます。

兄　（ためらって）しかし、こんなことが必要でしょうか？

測量技師　この展望台があれば安心して過ごすことができるでしょう。

一人の助手　こちら側でお買いにならなくてもいいですよ。

別の助手　あちら側に売ればいいことですから。

測量技師　あちら側でこのようなものを持つと考えてみて下さい。背筋が寒くなるでしょう。

兄　あの……。値段はどれくらいしますか？

測量技師　値段は心配しないで下さい。もし現金がなければ土地で下さってもいいです。

兄　土地はどれくらい……？

測量技師　たくさん下さることはありません。半分だけ下さい。

助手たち　（展望台を引いて出て来て）何をためらっているのですか！　あちら側に売りにいきます！

兄　いや、このままにしておいて下さい！　ぼくが買います！

測量技師　よく決断されました。（助手たちに）どうせなら壁にぴったりとくっつけてあげて。上がってあちら側を眺めるのが便利なようにね。

助手たち　はい、そうですね。

（測量技師、退場する。助手たちは展望台を壁にくっつけて立てておく。人びとが弟の地域に登場する。彼らは関心ありげにその地域をみわたす。助手たち、作業を終えたのち退場する。兄は展望台の上に上るのをためらう。測量技師、弟の地域に入って来る。）

測量技師　さあ、どうですか？　こちら側もあちら側ほど良い土地でしょ？

一人の人　両方とも土地はいいですが、あの塞がっている壁が目障りです。

別の人　そうです。あの壁があるのにだれが家を建てたりするでしょうか？

もう一人の人　無駄足をしました。戻りましょう。

測量技師　皆さんはあの壁がどんなにすばらしい観光名所であるかおわかりにならないようですね！

人びと　観光名所だというんですか？

測量技師　皆さんがここにホテルを建てれば大金がもうかります。愚かな兄弟の喧嘩を見ようと、世界各国から観光客たちが集まって来るからです。

一人の人　まさかそんなことが……。

測量技師　いいえ、間違いなく集まって来ます。喧嘩が一層熾烈になれば、あの壁は全世界に広く知られるようになります。皆さん、いま分譲する時にお買い下さい。あの壁が有名になれば次は土地の値段が何倍にも跳ね上がることは明らかです。

人びと　分譲申請はどこですればいいですか？

測量技師　わたしたちの事務所にいらっしゃって下さい。先着順に受け付けますから早く行く方が有利です。そして、分譲の測量はわたしたちにまかせて下さい。別々に、わたしたちが正確にお分けいたします。さあ、ではどうぞ急いで下さい！　申請が遅れると受け付けられませんよ！

（人びと、測量技師のことばが終わるやいなや互いに先を争って駆け出して行く。測量技師は弟に近づく。）

測量技師　お元気ですか？　なんか憂鬱そうな表情ですね！

弟　絵が……不吉に見えて。

測量技師　絵が、なぜですか？

弟　あの壁のために見苦しくなりました。

測量技師　それはあちら側の悪質な兄さんのせいです。

弟　いいえ、ぼくのせいでしょう。

測量技師　あなたは間違ってはいません。

弟　いずれにしてもこのように分けられた以上、ぼくも独立して暮らさねばなりませんでしょう。

測量技師　いいお考えです。けれどあなたの兄さんはあなたをそのままにはしておかないでしょう。

弟　それはどんな意味ですか？

測量技師　もうすぐ分かるでしょう。あちら側の心根の悪い兄さんがあなたの土地に越えて来るでしょう。

弟　兄さんが……？

測量技師　あなたを追い出して、家畜たちをひとりじめするためですよ。

（測量技師、ホイッスルをとりだし吹く。助手たちが黒い皮製のカバンを持って出て来る。彼らはカバンを開けて折りたたみ式の小銃を取り出し組み立てる。）

測量技師　これ何かわかりますか？

弟　銃でしょう？

測量技師　とても性能のよい銃ですよ。あなたはこの銃で壁を守らねばなりません。

弟　壁を守るのですか？

測量技師　（弟の手に銃を握らせて）今はツケにしておきますから、のちほど代金は土地で下さい。

助手たち　（カバンから銃弾をとりだして）ここに銃弾があります。

測量技師　あなたの安全のために存分に使って下さい！

（測量技師と助手たち、笑いながら退場する。壁の右側から兄が展望台に上る。探照灯の強烈な光が壁を越えて照らす。）

兄　おおい！　おおい！

弟　（強烈な光を受けて目が見えなくなりあたふたする。）だれですか？

兄　ぼくだ、ぼく！

弟　兄さん？

兄　そうだ！　ぼくが見えないか？

弟　なぜそんな光でぼくを照らすのですか？

兄　お前が何をしているのかよく見ようとしてだよ。

弟　ぼくはその光のために兄さんが見えません！

兄　ではぼくがそちら側に越えていこうか？

弟　いいえ！　越えて来ないで下さい！　ぼくの目を見えなくして越えて来るなんて何の悪だくみですか？

兄　ぼくは何もたくらんでなんかいないよ。行くよ。

弟　越えて来たら撃ちます！（虚空に向かって威嚇的に銃を発射する。）これは本物の銃です！

（兄、烈しい銃声に驚いて展望台から慌てて降りる。彼は恐怖に怯えた姿で体をすくめてすわる。測量技師、皮のカバンを持った二人の助手とともに登場する。）

測量技師　あっちの弟はどうかしてる、兄に向かって銃を撃つなんて。

助手たち　（笑いながら）完全にどうかしてます。

兄　恐ろしい……。

測量技師　もはや兄弟ではなく敵だと考えるのがいい。徹底的に武装して自らを守らねば、黙ったまだと敵に殺されます。（助手たちに）さあ、この兄に銃を差し上げな。

助手たち　はい。

（助手たち、皮のカバンを開けて折りたたみ式の小銃をとりだす。彼らはそれを素早く組み立てて兄の手に握らせてやる。）

一人の助手　手が震えて銃を握ることができないようです。

測量技師　しっかり握らせてあげなさい。そして引き金を引く方法を教えてあげなさい。

別の助手　（兄に）よく見てください。銃を撃つのは簡単です。

（別の助手、兄が握っている小銃の引き金を引く。轟然と銃声が響きわたる。壁の向こうの弟、その音に驚いて体をすくめたが、虚空にむかって威嚇射撃をする。驚いた兄はやはり反射的に銃を撃ちまくる。空では稲妻が光り雷が鳴る。）

助手たち　（拍手をして）とても上手ですよ！

測量技師　両方とも本当に上手だ！

一人の助手　（空を眺める。）ところで晴れ渡っていた天気がなぜこんなに変わったのかな？

別の助手　稲光りがして雷がなっている？

測量技師　（虚空に手をだして）なんだ、雨つぶが落ちてきた！

助手たち　（測量技師に）雨を避けてまた来たらどうでしょうか？

測量技師　そうだ、それがいい。（ポケットから手帳と万年筆をとりだす。）早く請求書を書かねばな。展望台はなにしろ値段が高いので……これに銃の値段を追加して……。

助手たち　弾丸のお金ももらわねば。

測量技師　もちろんだとも。弾丸もただでやる手はない……（手帳の紙をむしって兄に差し出す。）請求書です。見ればわかるでしょうがうんと安くしてあげてるのです。展望台は土地の半分で計算して、銃の値段はその残りの半分の半分で計算しました。

兄　なんですって……？

測量技師　あなたの土地はもういくらも残っていません。

助手たち　あちら側の請求書はわたしたちが届けましょう。

測量技師　（手帳に請求する内容を書いて）あちら側からもらうものも相当に多いな。（手帳の紙をちぎって助手たちに渡す）早く行ってくれ！　すぐに雨が降りそうだ！

（助手たち、請求書を受け取って退場する。）

測量技師 雨が降ったからといってあなたは家に行ってはいけません。この壁の前でいつも銃を持って守らねば、少しでも気を抜くと敵が越えて来ます。さあ、ではしっかり守っているんですよ！

（測量技師、退場する。稲妻が光り雷が鳴って雨が降りだす。兄と弟、雨にぬれながら壁を守る。緊張した様子で警戒しながら壁の前を行き来する。しかしだんだんと歩みが遅くなってから、兄と弟は壁をはさんで立ち止まる。）

兄 どうしてこんなありさまになったのだろうか……。美しかった野原はほとんどみな奪いとられて……ぼくが一人壁の前にいる……。

弟 ぼくはなぜこんなことになったのか？ 雨に打たれて壁を守っているなんて……。

兄 両親が怒っているのだ、あの雷の音は……。

弟 雨水が涙のように感じられて……。

（兄と弟、ため息をつきながら分けられた野原を眺める）

兄 ああ、この野原の風景はぼくの心の中の風景だ。心の狭いぼくが壁を作り、疑心暗鬼の心が展望台を作った。測量技師はぼくの心の内をよく知っていたんだ。ぼくが持っているこの銃さえもそうじゃないか、弟に対するぼくの心の不安感を知って持たせたんだ。ちょうどぼく自身の分身のように、彼はぼくが願っていることをわかって持たせたんだ。

弟 ぼくはこの野原を分けて自分のものにすれば幸せだと思った。兄さんと共同所有でなく、半分でも自分の土地を持つことを願った。それで測量技師の言うとおりにしたんだ。しかしぼくに残ったものは壁と銃ばかり……。彼はぼくを徹底して利用しただけなんだ。

兄　はじめは実習だといった。けれど実習ではなかった……。あとでは弟を殺したかった。壁の向こうにいる弟が憎くて、銃まで撃つ弟が憎くて殺してしまいたかった。しかし弟を殺したとしてもぼくの心は楽になるだろうか？　いや、いっそう苦しいだろう……。（銃口で自分の頭をねらう。）いっそぼくが死ぬのがいいだろう……。

弟　今では遅すぎる……。手遅れなのだ……。壁が出来た時、まさにその時ぼくは兄さんに間違ったと言うべきだった。しかしもう兄さんはぼくの言葉なんて何も信じないだろう……。ぼくもやはり兄さんの言葉を信じることができない……。（頭を垂れてむせび泣く。）こんなことではいけない、いけないけど……。どうすることもできない……。

兄　野原にはまだたんぽぽの花が咲いているなあ。（銃をおいて腰をかがめ足もとのたんぽぽの花を眺める。）ぼくたちがいつも仲良く過ごすことを誓ったこの花……。

弟　兄さんとぼくが信じることのできるものは何だろうか……。それがただ一つでも残っていれば良いのに……。そうだな、たんぽぽの花が残っている！（銃を投げだしてたんぽぽの花を折って手でかざす。）この花を見るとその頃がなつかしい。兄さんと幸せに過ごしていた時がなつかしい。

兄　壁の向こうのあちら側にもたんぽぽの花は咲いているだろう……。

弟　兄さんに会いたいな。

兄　弟に会いたい。

（兄と弟、彼らの間をさえぎっている壁を残念そうに眺める。雨が止んで雲の間からひとすじの光がさす。）

兄　しかしぼくの心をどうやってあの壁の向こう側に伝えようか？

弟　雨が止んで涼しい風が吹いているなあ。

兄　あの壁を自由に越えて行くことができたならば……。待てよ。たんぽぽの花は実を結べばどうなるか？　風に乗って遠くまで飛んで行くじゃないか？

弟　陽の光がさして真っ黄色のたんぽぽの花がいっそうきれいに見える。

兄　ぼくはこの花を折って壁の向こうに投げてやろう。弟がこのたんぽぽの花を見れば、本当のぼくの心をわかってくれるだろう。

弟　兄さんにこの花をあげよう。壁の向こうの兄さんがこの花を受け取れば、弟のぼくを思い出すだろう。

（兄と弟、たんぽぽの花を何本か折る。彼らは壁に近づいてたんぽぽの花を壁の向うに投げやる。兄は弟が投げてよこした花を受け取って大いに喜び、弟は兄の花を受けとってうれしがる。彼らは壁を叩いて叫ぶ）

弟　兄さん、ぼくの言葉が聞こえますか？

兄　聞こえる、聞こえるよ！　お前もぼくの言葉が聞こえるかい？

弟　聞こえますよ！

兄　ぼくたちはこの壁を取り壊すことにしよう！

弟　ええ、壁を取り壊しましょう！

（舞台照明、徐々に暗転する。ただし舞台後方の野原の風景を描いた掛け図の絵だけが明るくのこる。幕が下りる。）

——幕——

ホモセパラトス（分け隔てられた人々）

登場人物

父親
母親
長男
次男
市長
新聞発行人
企業家
私立大学の学長
剥製師
あちら側の女性
観光案内員
団体観光客たち

■第1場

駅のプラットホーム、列車が到着直前の光景。観光会社の旗を持った観光案内員はまもなく到着する団体観光客たちを迎える準備をしている。そして　同じ列車から降りる新しく赴任する市長を出迎える有志たちは、観光案内員とは何歩か間をおいて並んで立っている。汽笛の音。列車が到着する。観光客たちがどっと降りてくる。気分がかなり浮き立っている彼らは無秩序である。観光案内員は旗を高く持って笛を吹きながら、彼らの混乱を収拾しようと一生懸命である。

観光案内員　観光客の皆さん、一列に並んで下さい。一列に！

男性観光客　（ある女性観光客が持っているカバンをつかんで）これはわたしのカバンです。

女性観光客　何ですって？

男性観光客　わたしのカバンです。

女性観光客　（荒々しく）しっかりしてよ。（カバンを開けて婦人用の下着を取り出して見せて）これでもあなたのものだというの？

男性観光客　失礼しました。（観光客たちをかきわけて歩きながら）じゃあ、わたしのカバンはどこにあるのかな？

若い観光客　（カメラを取り出して駅構内を撮影する。）素晴らしい駅だ！　素晴らしい駅じゃないか！

観光案内員　お客さん、写真は後にして早く並んで下さい。

老観光客　わたしは関節炎なのでここに座っています。

観光案内員　すみませんがちょっと立っていらして下さい。ああ、では、まずわたしたちの都市を観光にいらした皆様を心より歓迎いたします。わたしはここの観光会社の案内員です。これから皆様にわが都市の有名な所をご案内いたすつもりです。一つ注意していただきたいのは、わたしが持っているこの旗についていらしてもらわねばならないことです。もしこの旗を見失ったら観光はおろか、どんな不祥事が起こるかわかりません。みなさんおわかりになりましたか？

観光客たち　わかりました！

観光案内員　では結構です。駅前にわたしたちの会社のバスが待っておりますからそれにお乗り下さい。

ある観光客　どこへ行くのですか？

観光案内員　まずホテルへ行って一休みしなければなりませんでしょう。

男性観光客　案内人さん、わたしはカバンをなくしてしまったんですが。

観光案内員　カバンをですか？

男性観光客　今まで探し回っていたんですが……

観光案内員　（大きな声で観光客たちへ）もしかして、カバンを一つ見ませんでしたか？

別の観光客　（カバンを持ち上げて）これあなたのですか？

男性観光客　（カバンを調べてみて）これでもありませんが……

観光案内員　誰かとカバンが取り替えられたようですね。いずれにしてもホテルへ行けばまた探すことができるでしょう。（旗を持って先頭に立って）さあ、この旗を見失わずについていらして下さい。

（団体観光客たち、案内員の後に続いて退場する。彼らがみな去ったあとにとても疲れたような男が残っている。有志たちが近づいて行く。）

新聞発行人　あのう、新しく赴任される市長さんですか？

市長　そうですが？

新聞発行人　（丁重に挨拶をして）ああ、わたしたちの都市へ赴任して来られたことを心より歓迎いたします。市長さん、わたしたちはここの有志たちです。わたしはここで最も影響力のある地方新聞を発行しております。

市長　お出迎え頂きましてありがとうございます。

新聞発行人　（企業家を紹介して）そしてこの方はわたしたちの都市の経済界を代表しておいでになりました。絹織物工場と石けん工場、その他いろいろの企業体をもっておられます。

企業家　市長さんがおいでになられることをお待ちしておりました。

市長　ありがとうございます。

新聞発行人　（学長を紹介して）この方はわが都市の精神的指導者であられます。市立大学の学長であります。

学長　おいで下さったことを心より歓迎いたします。

市長　このように皆様にお目にかかれて嬉しく思います。

新聞発行人　（市長の顔が大きく掲載された新聞をひろげて見せて）この新聞をご覧になりましたか？新しく来られる市長さんについての記事が大きく特集されております。

市長　（新聞をうけとってひろげてみる。）ああ、ほんとうですね。

新聞発行人　発行人であるわたしが直接書きました。記事を読んでみてください。

市長　すみません。ちょっと休んでから読みます。列車の中であまりにも観光客たちが騒がしいもので……とても疲れたんですよ。

企業家　市長さんが乗っておられるのを知らなかったのですね。

市長　そうですね……たぶん知っていたとしても静かにはしなかったでしょう。ところで、いつも観光客たちはこんなにたくさん来るのですか？

企業家　はい、たくさんやって来ます。

新聞発行人　市長さんもあとでおわかりになると思いますが、この都市には人びとの好奇心を刺激することなんかが多いんですよ。

市長　何ですか、それらは？　博物館ですか？

新聞発行人　ちがいます。

市長　ではカジノのような遊戯場？

企業家　あ、それもちがいます。

市長　だんだん好奇心が刺激されますね。一体何がそれほど有名なのですか？

学長　市長さん、お疲れでしょうからまずお休み下さい。

企業家　駅前に車を用意してあります。

市長　市庁の公用車ですか？

企業家　市庁の公用車は修理中とのことです。それで我々の会社の乗用車を待機させておきました。

市長　市庁までは歩けば何分ほどかかりますか？
企業家　約五分ほどです。
市長　とても近いところに市庁があるんですね。
学長　（指で市庁の屋根を指して）すぐ、あそこのあの建物です。
市長　あの、青い屋根の建物のことですか？
学長　はい。
市長　それでしたらいっそ歩いて行きましょう。
企業家　お疲れのときは車に乗るのがよいのではありませんか？
市長　ご好意はありがたいですが、わたしは車のガソリンの匂いが嫌いなのです。疲れている時には
その匂いが一層ひどくて吐き気をもよおすのです。
（市長はカバンを持って歩きはじめる。有志たちが後に続いて歩いて行く。）
新聞発行人　市長さんは敏感な体質のようですね？
市長　ちょっと敏感のようです。
新聞発行人　計画されたことが思いどおりにいかない場合はどうですか？　夜には眠ることもできま
せんでしょ？
市長　そうです。わたしは眠れません。
企業家　食事はどうですか？　計画がうまくいかなくても食べなければなりませんでしょ？
市長　全然食べることができません、そういう時は……
有志たち　（心配そうな表情で互いに見合って）前の市長さんと同じ体質ですね。

市長　前の市長さんと同じだというのですか？

新聞発行人　ああ、その方も敏感な体質だったのですよ。

企業家　それで結局は亡くなられたんです。

新聞発行人　任期も全部はたすことができず亡くなられたのです。

学長　瞑想はお好きですか、市長さんは？

市長　瞑想というと……静かに目をつむって何も考えないことですか？

学長　はい、あまり敏感な体質には瞑想がいいです。

市長　（歩みを止めて後について来る有志たちをふりかえって）わたしはそれほど暇ではありません。道知事さんからも特別に頼まれたんですよ。この都市は両方に分裂しているから、その分裂した両方が再び和合できるよう最善を尽くすようにとね。みなさんがわたしを助けて下さい。

有志たち　（心配そうな表情で）わたしたちは精一杯お助けいたしますが……

市長　なぜそのような困った顔つきをなさるのですか？

新聞発行人　わたしたちは市長さんがおっしゃったその半分に分裂した一方にすぎません。

市長　（驚いた表情で）そうですか？　両方の方がたが揃って出迎えてくれたのではないのですか？

新聞発行人　あちら側は初めから出ても来ません。

企業家　あちら側はひどい奴らですよ。市長さんの権威さえ認めないでしょう。

学長　世の中というものはみな意地悪なものです。ですから計画が思いどおりにならないといってあまり深刻に考えないで下さい。

市長　市長というものは都市全体のために奉仕しなければならないものです。わたしはこの都市分裂の原因を取り除いて、分裂した両側を結び合わせることで永遠の平和を成し遂げる計画をもって来ました。（持っているカバンを指して）まさにこのカバンの中にその計画が入っています。（急に慌てた様子になり）いや、これはわたしのカバンではないんだが。（カバンを開けて品物を取り出して見る。剃製を作る時に使う道具と品物が出てくる。）なんだ、これは？　ナイフ、針、糸、綿の塊、それにこれは防腐剤と書かれているな。

新聞発行人　市長さん、カバンが取りちがえられたようです。

企業家　さっき駅で観光客の一人がカバンを探しまわっていましたねえ。

市長　わたしのカバンをなんとか探し出さねばなりません。

新聞発行人　心配なさることはありません。ホテルへ連絡してお互いにカバンを取り替えればすむことでしょうから。

市長　（取り出した品物をカバンの中につっ込む。）どのホテルにその観光客がいるのか探さねばなりませんね。

新聞発行人　何カ所かに連絡してみればわかるでしょう。

市長　（カバンを持って歩く。）

学長　カバンがかなり重たそうですね。

新聞発行人　その上疲れているので歩くのが苦しそうです。

企業家　車にお乗りになればよかったものを……

市長　（どうやら市庁に到着する。）青い屋根、市庁の建物ですね？

有志たち　はい、もう市庁に着きました。

市長　（有志たちと握手を交わして）では、わたしは中に入りましょう。お出迎えまことにありがとうございました。

有志たち　市長さん、あらためて心より歓迎いたします。

市長　わたしのカバンが見つかったら将来の計画を申し上げます。どうかわたしに力を貸して下さい。

有志たち　もちろんできる限りのことはいたしますとも。

市長　（カバンを持って市庁の中へ入って行く。）みなさんといつでもお目にかかりましょう。

有志たち　（市長が門の中に入ったあとも不安そうな表情が解けない。）

学長　心配ですね、市長さんがあまりピリピリしているので……

新聞発行人　前の市長さんのように夜も眠れなくなったらどうしようか？

企業家　そうですね……三度の食事はちゃんととらねばなりませんのに……

（舞台前面。団体観光客たちが泊まるホテルに到着する。）

観光案内員　観光客のみなさん、まさにここがお泊まりになるホテルです。わが都市で最も有名な建物の中の一つであるこのホテルは、一八八四年、ドイツ人がドイツ式で設計し、一九〇七年、アメリカ人がアメリカ式でお金を出して、一九一二年、日本人が日本式に完成しましたが、一九四五年火事で焼けてしまったものです。しかしその場所に、みなさんがご覧になっている近代的なホテルとして再び建てられたものです。

若い観光客　素敵なホテルだなあ！　素敵なホテルじゃないか！

別の観光客　ちぇっ、この男は何でも素敵なんだな。（観光案内員に）冷房装置はありますか、このホテルは？

観光案内員　もちろんです。
女性観光客　熱いシャワーを使えますか、いつでも？
観光案内員　使えますとも、いつでも。
老観光客　このホテルのエレベーターはしょっちゅう故障しますか？
観光案内員　エレベーターが故障をですか？
老観光客　万が一故障がおきた場合について聞いているんです。わたしのような関節炎のためにうまく歩けない者にはどんな対策をたてて下さっているのですか？
観光案内員　（当惑して）そうですね……階段を歩いて上らねばなりませんね。
老観光客　なんてこった、エスカレーターもないというのですか？
観光案内員　それはありません。
また別の観光客　また火事がおこった場合にはどうするのですか？
観光案内員　え？
また別の観光客　一九四五年に火事になったでしょ。スプリンクラーとか、火事になれば自動的に水が出る装置になっていますか？
観光案内員　そうですね……なっていません。
観光客たち　どうも一流ホテルじゃないようだ……
女性観光客　（観光案内員に）率直におっしゃって下さい。一流ホテルではないでしょ？
観光案内員　ですけれどみなさん、このホテルは決して三流ではありません。
観光客たち　では二流ぐらいになるようですね。

観光案内員　ああ、ちょうどこのホテルの支配人が来られました。

父親　（観光客たちに）いらっしゃいませ、みなさん。あちらのフロントにまいりましょう。部屋割りを申し上げます。外出なさる時には部屋の鍵を必ずフロントに預けて下さい。そして貴重品を持っていらっしゃる方はこちらのホテルの金庫にあずけて下さい。ドル、ポンド、マルク、その他の外貨に対しても公定換率で交換いたします。当ホテルにいらっしゃる間、ご不便がありましたらいつでもわたしたちに申し付けてくださるようお願い致します。

■第2場

墓地、トランペットの弔歌がもの哀しげに鳴り響く。黒い縁取りをした大きな花環を先頭に有志たちが登場する。その後に続いて父親、母親、二人の息子が哀しい様子で入って来る。大きな花環が置かれ、みな一緒に頭《こうべ》を垂れて黙禱をする。黙禱が終わると新聞発行人が観客席に向かって悲憤慷慨した語調で演説を始める。

新聞発行人　市民のみなさん、毎年この時がめぐってくるとわたしたちはこの墓地を訪れて花環を捧げます。哀しい憤怒の感情をおさえられぬまま、その日あちら側の暴力に対抗して勇敢に戦って命を捧げた多くの人々に慎んで頭《こうべ》を垂れ弔意を表するのです。（父親と家族を指して）その日の戦いに五人の兄弟を捧げた家族です。父親なる方は煮えくり返る憤怒を耐えようとして唇をぎゅっとかみしめ、母親なる方は限りなくあふれる悲しみの涙を拭いておられます。そしてその戦いの後で生まれて、今は成長して立派な大人になられた兄弟達は恨みに対する敵愾心で二つのこぶしをしっかりと握ったままぶるぶると震えています。（父親に前に出るように勧めて）さ、前にお出になって一言《ひとこと》おっしゃって下さい。

母親　（父親を前に押し出す。）

父親　どんな言葉を……言えばいいやら……わかりません。いずれにしろ……ですから……昨年も、また一昨年も同じようなことを申し上げましたように……

母親　あなた、敵を忘れてはならないとおっしゃって下さいよ。

父親　そうです……わたしたちは敵を忘れてはなりません。みなさんの家族の中に、親戚の中に、その日あちら側で無残に命を失った人びとは一人や二人ではないでしょう。思えば思うほど胸がはりさけそうです。わたしたちはその敵を憎悪しなければなりません。

母親　永遠に憎悪しなければなりません。

有志たち・家族たち　（拍手をする。）

新聞発行人　（企業家に）一言《ひとこと》おことばを？

企業家　いいえ、十分感動的です。

新聞発行人　（学長に）つけ加える言葉がおありでしょ？

学長　いいえ、ありません。

新聞発行人　（観客席に向かって）実はこの席には新しく赴任された市長さんも参席して下さることに

なっていたのですが、何か大切なカバンをなくしてしまって心を傷めておられるせいか、お出になれなくなりました。それではこれで今年度の記念式を終わり、わたしたちの新たな覚悟を確かめるためにデモ行進をしましょう。（こぶしを握った手を掲げてスローガンを叫ぶ。）敵を忘れるな！

有志たち・家族たち　敵を忘れるな！

新聞発行人　敵を殲滅せよ！

有志たち・家族たち　敵を殲滅せよ！

新聞発行人　敵を忘れるな！

有志たち・家族たち　敵を忘れるな！

新聞発行人　（先頭に立って退場する。）敵を殲滅せよ！

有志たち・家族たち　敵を殲滅せよ！

（舞台前面、団体観光客たちが墓地へ到着する。彼らをつれて来た観光案内員が墓地について説明する。）

観光案内員　観光客のみなさん、まさにここがわが都市の有名な墓地です。両方の戦いに命を捧げた多くの人たちが眠っている所なのです。ところでみなさんは本当に運が良かったです。今日がちょうどその記念日で、みなさんは一年に一度だけのデモ行進をご覧になれるんですよ。

若い観光客　（カメラを写して）素晴らしい墓地だ！　素晴らしい墓地じゃないか！

他の観光客　ちぇっ、なんでも素晴らしいんだな。

ある観光客　すみませんが、観光案内人さん。もう少し詳しく説明して下さい。

観光案内員　はい、この墓地の面積は一一万四千坪です。そして五葉松、欅、アカシヤが植えられていて、ツツジとつるバラが美しく調和していて、世界の墓地と比較しても全く遜色がありません。

男の観光客　(観光客の足の間を這いまわっているトカゲを捕まえようとしている。ある観光客に) たった今あなたの足の下を這って行くものを見なかったですか？

ある観光客　わたしの足の下を……？　何を探しているんですか？

男性観光客　トカゲです。

ある観光客　(驚いて) トカゲ？

男性観光客　びっくりすることはありません。墓地に住んでいる小さな爬虫類ですから。(トカゲを捕まえる) あ、ここにいたな。

ある観光客　それを捕まえて何をしようとするのですか？

男性観光客　剝製を作るのです。

ある観光客　(顔をしかめて) 剝製を作るのですか？

男性観光客　ええ。(トカゲを持ち上げて見せて) かわいいでしょ？

ある観光客　尻尾がないじゃないですか？

男性観光客　トカゲは体と尻尾が両方に分かれています、まるでこの都市のようにです。しかし離れた尻尾はすでに拾われています。

若い観光客　(写真を撮るのを続けて) 素晴らしい墓地だ！　まったく素晴らしい墓地だな！

老観光客　とてつもない人々が埋葬されているんだな！　なぜそのような戦いが起きたのですか？

観光案内員　あ、それはわれわれの都市が分裂していたためなのです。

観光客たち　偶然にお互いに分かれたのですか？

観光案内員　そうですね、分かれたくて分かれたのではありませんが……

女性観光客　ではまた一緒になったらいいんじゃないの？

観光案内員　それがうまくいかないようなのです。その上こちらとあちらが戦った後には恨みの溝ができたんですよ。

老観光客　全く理解できませんなあ！　無理に分かれさせられたものならば、お互いに戦う理由がないでしょう？

観光客たち　本当に理解できません

観光案内員　そう思われるでしょう、みなさんはお互いに分かれさせられた所に暮らしたことがないのでおわかりにならないのでしょう。

女性観光客　どちらの側から先に戦いを起こしたのですか？

観光案内員　あちら側が先ですよ。ですがあちら側は、先にこちら側から戦いを仕掛けたとそう思っています。

また別の観光客　そうするとあちら側にもこのような墓地があるんですか？

観光案内員　むろんあります。

また別の観光客　今日、記念式もやったのですね？

観光案内人　もちろんですよ。

別の観光客　そうですか？　あちら側でもデモ行進をしますか？

観光案内員　ええ、します。

ある観光客　「敵を忘れるな！」のスローガンを叫びながらですか？

観光案内員　ええ、そんな同じスローガンを叫びながらです。

また別の観光客　（観光客たちに）それはなんとも不思議だなあ！　まるで二つの鏡をお互いに映して見るように、こちらとあちらが完全に対称じゃないですか！

ある観光客　わたしもたった今、対称だと思いましたよ！

女性観光客　（他の女性観光客に）まあ、世の中にはまだこんなに不思議な所があるんですか？

観光客たち　（感嘆しながらうなずいている。）

観光案内員　どうですか、みなさん？　わたしたちの都市へ観光にこられたことを後悔しませんでしょ？

観光客たち　後悔するなんて！

観光案内員　お気づきでしょうが、わたしたちの都市にはほかの所では見ることができない見るべきものが多いです。（観光会社の旗を高く持ち上げて先に行き）この旗についてきて下さい！　この旗を見失わないで続いて下さい。

■第3場

市庁の市長執務室、机の上に置かれた内線電話のベルが鳴る。市長、受話器をとる。

市長　はい、わたし市長です。誰がいらしたって？　カバンを持った人が……？　どうぞ通して下さい。（話し終わるとすぐ、彼は駅から間違って持ってきていたカバンを机の上に上げておく。）

剝製師　（団体観光客の一人の男だった彼は市長のカバンを持って入って来る。）失礼いたします……

市長　どうぞお入り下さい。

剝製師　（持っていたカバンを机の上に置いて）これは市長さんのカバンですか？

市長　（喜んだ表情でカバンを確認して）わたしのカバンですなあ、間違いなく。（机の上に置いていたカバンを指し示す。）これはあなたのものですか？

剝製師　あ、そうです。

市長　ところでなぜカバンが互いに取り替えられたのでしょうか？　わたしのカバンの中には貴重なものが入っているので、取っ手をしっかりと握っていたのに。

剝製師　そうですね、わたしのカバンの中にも大事なものが入っていて、取っ手をきっちり握っていたんですよ。それなのにホームに降りて立っている時に、客があまりにも混雑していたのでなくしてしまいました。

市長　観光客たちが泊まると思われるホテルに電話をしました。結局、このようにこうしてお互いにカバンを取り戻せてまったく幸運なことですね。

剝製師　そうですね、本当によかったです。

市長　あなたは観光にいらして面白いものを見物されましたか？

剝製師　なんでも面白く見ています。まるで合わせ鏡を見るようです。

市長　（握手を求めて）ではよく見物して行って下さい。カバンを持ってきて下さってありがとうございます。

剝製師　（握手を受けないまま、冷静な口調で）わたしのカバンを開けてみられたでしょ？

市長　え……？

剝製師　開けて見られましたか？

市長　開けて……見ました。

剝製師　何のために開けて見られましたか？

市長　（不快になった表情で）何のためにというのですか？　はじめはわたしのものであるかと思ってですよ。

剝製師　ただ開けてみただけですか？　でなければその中に入っているものを取り出そうとまでなさったんでしょ？

市長　（いっそう不快になって）なぜそのような質問をするのですか？　わたしはあなたのものを盗んだりはしません。

剝製師　わたしは盗んだかと聞いているのではありません。その中に入っているものを取り出して見られたかと訊ねたんですよ。

市長　何だかんだいっても同じことじゃないですか？　お疑いならば直接取り出して確認なさってみて下さい。

剝製師　市長さんの前で直接確認してみてもかまいませんか？

市長　感じの悪い人だな。

剝製師　（カバンの中から品物を取り出し市長の机の上に広げて並べる。）ナイフ……鋏……針……糸……

防腐剤……

市長　一体これらは何ですか？

剝製師　剝製を作るときに使う道具です。

市長　ではあなたは……？

剝製師　剝製師ですよ。剝製を作るのがわたしの職業です。

市長　だからこんな妙なものなんかがカバンの中に入っていたんだな。

剝製師　剝製はどのようにして作るのかお見せいたしましょうか？　（彼は墓地から捕まえてきたトカゲを取り出し、手慣れた手つきで剝製を作る。）まずこの鋭利なナイフで腹を裂いていくでしょう。はらわたを抜き出して、熊手を使って骨と肉を取り出します。そして防腐剤をつけた綿をぎっしり詰めて、針と糸で縫えば、生きている時の姿そのままになるのです。（剝製になったトカゲの前足と後ろ足に人形劇で使う紐を吊るして動かし）どうですか、市長さん？　このように紐まで吊るして動かすようにしますと生きているのと同じじゃありませんか？

市長　さっさとそいつを持って出て行って下さい。

剝製師　今度は市長さんがカバンを確認してみる番です。

市長　（剝製師をにらんで）まさか……わたしのカバンに手をつけたのではないでしょうね？

剝製師　ですから直接確認してご覧になるのがいいんじゃないですか？

市長　（自分のカバンを開けて、その中に入っている書類を取り出して机の上に置く。）

剝製師　わたしは書類を読んだでしょうか、それとも読まなかったでしょうか？

市長　まったく気色の悪い人だな。

剝製師　わたしは書類を読んだ上で精密に検討してみました。

市長　すぐに出て行ってくれ。出て行かなければ守衛を呼んで追い出します。

剝製師　ところでこの書類に書かれた計画というのはまったく現実性がありません。なぜ現実性がないか、わたしはその点について市長さんに申し上げたいのです。それでも守衛を呼んでわたしを追い出されますか？

市長　（譲歩して）何ですか？　あなたがいいたいことは……

剝製師　こちら側とあちら側に分断されたこの都市をまた一緒にするために、両方の全面的な和解、むろんそのような両方の和解が成し遂げられたならば、どんなにいいでしょうか？　しかし全面的な和解など不可能なことです。まるで絡まった糸の束を一度に解こうとする欲張りのようなもので、かえって両方を頑なに固まらせるばかりです。その上市長さんの計画は新しいことではありません。前任の市長、そしてその前の市長たちも何回もそのような全面的な和解を提案して、また実際に両方が会って和解のための対話もしてみました。しかしお互いの憎悪と不信だけが広がるばかり、今や完全に顔を背けてしまった状態です。そこで市長さんがまたそのような提案をしたとして彼らが受け入れてくれますか？

市長　わたしが前任の市長たちの失敗を繰り返すとでもいうのですか？　わたしは前任の市長たちとはちがって、依怙贔屓《えこひいき》ではない公正な立場で、両方の和解を取り持つつもりです。

剝製師　もし市長さんがその前の市長たちと同じ失敗をなさりたいならばそのようになさい。しかしわたしが市長ならばそんな不可能な方法は取り止めて、斬新で可能な方法を選ぶでしょう。

市長　一体……あなたは誰ですか？

剝製師　剝製師です、剝製を作ることがわたしの仕事だと申し上げたはずですが？

市長　この都市に観光に来た人としてはおかしいですね。

剝製師　市長さん、その斬新で可能な方法が何かを聞きたいと正直におっしゃって下さい。

市長　正直にいいましょう。それは何ですか？

剝製師　愛です。

市長　あ……い？　ハハ、ハハハ。

剝製師　ただ愛だけが引き裂かれた両方の問題を解きほぐすことができます。

市長　ハハハ、ハハハ。

剝製師　なぜお笑いになるのですか？

市長　あんたも笑わせる人だなあ。

剝製師　他の方法はありません。ただ愛だけが唯一の解決でしょう。

市長　ハハ、愛か！　ある日いきなり両方の人びとが一度に抱き締めあって愛する、そういうことですか？

剝製師　両方全体が愛するということはありえないことかもしれません。ただ個人と個人の、いうなれば男と女の間の愛のみが現実性があるのです。仇《かたき》のように憎しみあう両側の男女がお互いに愛によって結合するようになって、そのような個人対個人の結合が、ついには両側全体を和解させる糸口を解くようになります。どうでしょうか？

市長　いまどんな恋愛小説の話をしているのですか？

剝製師　小説ではありません、市長さん。この両側に分けられた都市にもそんな男女がおります。信じられなければわたしについておいで下さい。その二人の男女が会っている現場にご案内いたしましょう。

市長　それは……事実ですか？

剝製師　その愛する男女は、毎夜両側の下水道を這って行って、都市の真ん中の腐りかけている沼で会っています。愛とはそんなものでしょう。特に男女間の愛はとても具体的で現実的なものなので、隣人を愛するとか全体を愛するというようなそんな観念的で虚構的なものとはへだたりがあります。彼らは汚く、腐っていて、両側から捨てられたたくさんの汚物の中でも、お互いをしっかり抱き締めます。市長さん、結局は彼ら男女の愛を助けてあげることのみが、この都市を結合させる唯一の方法で、市長さんの名誉と出世のためにももっとも早道です。両方に分けられたこの都市を結合させることに成功されたならば、市長さんはきっと道知事に昇進されるはずですから。

市長　わたしは道知事はのぞみません。

剝製師　では国会議員に出馬して下さい。当選は確実です。

市長　とんでもないことをいわないで下さい。

剝製師　全国的に有名な人物になられることは間違いありません。

市長　いずれにしてもそれは後のことです。まずはその男女が誰で、またどうやって彼らの愛を助けることができるのか、それが問題じゃありませんか？（剝製師の顔を眺めて）その男女は誰ですか？

剝製師　こちら側は男性、あちら側は女性です。

市長　こちら側の男の名前と住所は？

剝製師　名前と住所は、わたしが泊まっているホテルの支配人に聞いてみればわかるでしょう。

市長　ホテルの支配人に聞いてみろと？

剥製師　はい。こちら側の男性はその支配人の息子ですから。

市長　では、その支配人は自分の息子があちら側の女性と会っている事実を知っているのですか？

剥製師　いいえ、そのことを知ったならば自分の息子をただではおかないでしょう。市長さんはデモ行進をごらんになりましたか？「敵を忘れるな！」と叫びながら行進した人たちの先頭には、ホテルの支配人と彼の息子たちが並んでいたのですよ。

市長　息子の愛のために父親を説得しなければならないことが問題ですね。あちら側の女性にはどんな困難がありますか？

剥製師　あちら側の女性は恐怖に震えています。

市長　両親に見つかるのではないかと恐がっているんでしょう？

剥製師　その女性は両親ばかりかあちら側全体が恐ろしいのですよ。

市長　可哀相な女性ですね。

剥製師　その通りです。一人の人間が全体を恐がるというのは可哀相なことでしょう。

市長　（剥製師の顔をながめて、訝《いぶか》しげに）ところで、あなたはどうしてそのすべてを知っているのですか？

剥製師　すでに何回も申し上げたではありませんか？　わたしは剥製師ですよ。

市長　剥製師がどうして知っているのかということですよ。その上あなたはあちら側の女性の心理状態までよく知っているじゃありませんか？

剥製師　（剥製にされたトカゲを生きているように動かして）そりゃあ知っていますよ。わたしはあちら側全体を剥製にしましたから。ただ一人の人間、まだ、その女性を剥製にすることができませんでしたが……

市長　そんな冗談をいわないで下さい。

剥製師　冗談ではありません。その女性が恐怖におののいているのは、自分自身までも剥製にされないかと心配したためです。むろんわたしは一人残ったその女性も剥製にする考えです。

市長　わたしにはその男女を一緒にさせろといいませんでしたか？

剥製師　剥製師としてわたしは、分けられたあちら側で大成功を収めました。わたしはあちら側のすべての人びとの内臓と骨を取り出して、そのかわり綿とわらくずをぎっしり詰め込みました。そしてわたしは剥製になった彼らの手と足に紐をつるし、画一的な動作をするように作りました。人類の歴史で、剥製師としてこれほどの成功は稀なことでしょう。しかし残念にも、あちら側の閉鎖性のために、わたしがそのような剥製を容易に作ったのではないのかという一つの欠点がありました。それでわたしは、公開的な作業をしなければならない必要性を感じるようになったのです。あちら側の最後の人間であるその女性をこちら側で、あらゆる人たちの見ているところで公開的に剥製にしたならば、わたしは完璧な成功を収めたという評価をうけることができるでしょう。

市長　それでは何ですか？　そのためにわたしを利用する、そういうことなのですか？

剥製師　いずれにしろ、市長さんとわたしは同じ機会をわけもっているのです。市長さんはその女性が剥製にならないように助けて下さい。それでこちら側の男性との愛を成就させれば、それは市長さんの名誉と勝利になることでしょう。（机の上に置いてある剥製の道具をカバンの中に放りこむ。）市長さん、わたしはこれで帰ります。ホテルの支配人に連絡してその息子とお会いになってみて下さい。

（舞台前面、観光案内員が団体観光客達を案内して市庁の前に到着する。）

観光案内員　観光客のみなさん、ここがわが都市の市庁です。公式的な行政区域上、あちら側までこの市庁で管轄することになっていますが、実際はそうできないのがこの市庁の特色です。

若い観光客　（写真を撮りながら）素晴らしい市庁だ！　素晴らしい市庁だよ！

別の観光客　チェッ、また素晴らしいか。

老観光客　（市庁の門から出てくる剝製師を指さして）あの男、わたしたちと一緒に観光に来た人じゃないか？

観光案内員　そうですよ。（剝製師に）もしもし、みなさんと一緒でなくては困ります。一人で歩き回ってはだめです。

剝製師　市長さんとカバンが取り替えられていたから行ってきたのです。

観光案内員　カバンは見つかりましたか？

剝製師　（カバンを持ち上げて）はい、このとおり。

女性観光客　まあ、市長さんに会われたんですか？

剝製師　もちろんですよ。お互いにおおいにお話をしました。

観光客たち　（観光案内員に）われわれも市長さんに会えるようにして下さい。

観光案内員　（難しい表情で）みなさんは観光にいらした方たちです。市長さんに会ってどうなさろうというんですか？

若い観光客　写真を撮るのです。素晴らしい写真をです。

観光客たち　それはいいですね。市長さんと記念写真を撮りましょう。

剝製師　（観光案内員に）窓からちょっと顔を出すようにお願いしてみて下さい。

観光案内員　（市長の執務室の窓に向かって）市長さん！　尊敬する市長さん！　窓を開けて顔を見せて下さい。

観光客たち　（つづいて叫ぶ）市長さん！　尊敬する市長さん。

観光案内員　市長さんが顔をお出しになりました。

若い観光客　みなさん、窓の下に一列に立って下さい。（観光客たちに向かってカメラを調整して）みなさん笑って下さい。市長さんも笑っていらっしゃる。では撮ります。

観光案内員　さあ、すみましたか？　この旗についていらして下さい。次の見物をなさりたいならこの旗を見失なわないようにして下さい。さあさあ、つづいておいで下さい。

■第４場

父親の家、あわただしい様子で父親が家に戻って来て息子を呼ぶ。スローガンを叫びながらデモ行進をしてきた彼の声はかすれている。母親が部屋から出てくる。彼女もやはりデモ行進のため足がむくみ、まめができて歩くのが不自由に見える。

父親　おい！　おい！

母親　どうなさったんですか？　まだ出勤時間でもないのに家に帰って来られるなんて？

父親　おい、市長さんがいらっしゃるというんだ。ホテルに電話がきて支配人をお願いしますと、はい、わたしですといったらいきなりわが家を訪問するというんだよ。

母親　ホテルではなくわが家をですか？

父親　そうだよ。今すぐいらっしゃるというんだよ。

母親　（慌てふためくのと嬉しさの入り交じった表情になって）……市長さんが何のためにいらっしゃるというのでしょうか？

父親　そうだな、わしもわからないよ。

母親　この機会に市長さんと懇意になりましょうよ。そんな有力な方と知りあいになっていれば、得になりこそすれ決して損することはないですよ。けれど大変だわ。市長さんをどうおもてなしすれば良いのでしょう？

（玄関のベルが鳴る）

母親　市長さんのようですわ。早くご案内して来てくださいな。

父親　（玄関を開けて市長を迎え入れる。）よくいらっしゃいました。

市長　こんにちは？　いきなりで、失礼かもしれませんが。

母親　わたしたちの家にいらしていただけるなんて、ほんとうに光栄なことです。

市長　そのように思ってくだされば幸いです。

父親　（椅子を勧めて）お掛けください、市長さん。

市長　ありがとう。（椅子に掛ける）ところであそこにかかっている写真はだれですか？

父親　死んだわたしたちの子どもたちの写真です。

市長　いつもあのようにかけていらっしゃるのですか？

母親　そうです、いつもあの子たちの死を忘れないためにです。

市長　昨日は「敵を忘れるな」と叫びながらデモ行進をされたのですね。

母親　市長さんもその光景をご覧になりましたか？

市長　ええ、市庁の窓から眺めました。

母親　盛大なデモ行進でしたでしょう。群衆が雲のように群がって怒りのスローガンを叫びながら街を縫って歩いたのです。市長さん、わたしたちの声が聞きづらいこともご理解下さい。一日中スローガンを叫んだので声がかすれたのですよ。その上わたしは足にも酷い痛みを感じています。

父親　わざわざ市長さんがおいでになったのにおもてなしがおろそかにならないか心配です。

市長　ああ、そのような心配はなさらないで下さい。

父親　洋酒が一本ありますが……観光客が贈り物としてくれたものだからかなり高級です。

市長　いいですね。一杯いただきましょう。

母親　わたしが持ってまいりましょうか？

父親　（立ち上がろうとする母親に）あんたは座っていなさい。わたしが持って来るから。

母親　（椅子に再び座って）ありがとう。杯《さかずき》も五つお持ちになることをお忘れにならないで下さい。

市長　（部屋の中を見回す。）あそこの、あの蠟燭の火は何ですか？

母親　あの蠟燭の火ですか？　外は真っ昼間《ぴるま》でも家の中にロウソクをともしていて不思議でしょう？

市長　全部で五つともされていますね。

母親　死んだ五人の子どもと同じ数です。

市長　いつもあのようにともしておられるのですか？

母親　はい、いつもです。

市長　ただの一日も消えたことはないのですか？

母親　ただの一時間も消えたことはありません。

市長　うっかり忘れたり、あるいは失敗したり、いずれにしろあのロウソクを消してしまうことはなかったのですか？

母親　そのようなことは絶対にありません。

父親　（酒ビンと杯を持って）市長さん、どうぞ。

市長　（酒ビンのラベルを見る。）ほんとうに最高級品ですね。

父親　カクテルにいたしますか、それともストレートにいたしましょうか？

市長　ストレートでお願いします。

父親　（ビンのふたを開けてまず五つの杯に注いで、次に市長と自分の杯に注ぐ。）

市長　また誰かここに来ることになっているのですか？

母親　ああ、杯が多いことですね？　じつはこの五つの杯はわたしたちの死んだ子どもたちのために注ぐのです。わたしたちの家ではずっとこうしています。酒ビンの栓をはじめて抜くときや、あるいは初物で特別な食物を作ったとき、死んだ子どもたちの分をまず別にしておくのです。

市長　やはり敵を忘れないためにですか？

母親　そうするとちょうどその場所に死んだ子どもたちが集って来るのです。

市長　生きているご子息はどこにいますか？

父親　その子どもたちもこの席にでて来るようにしています。けれど市長さん、お伺いしてもかまいませんでしょうか？　ふいにわたしの家にいらして、またその子どもたちに会いたいといわれるのは腑におちないのですが。

市長　わたしがご子息の結婚の仲人《なこうど》をしたいのです。

父親　いきなり仲人をしたいというんですか？

市長　そして、市長であるわたしが結婚式の媒酌人まで引き受けます。いかがですか？

父親　そのようにして下さるなら、どんなにいいでしょうか？

母親　市長さん、ところでそのお嬢さんはどこの家の女性なのですか？

市長　まず健在なご子息に会えるようにしていただけませんか？　ご子息と会った上でどのような女性であるか申し上げたいのですが……

父親　それならばわたしがつれてまいります。（退場する。）

市長　（わざと死んだ子どもたちの分の杯をとって飲む。）

母親　それはわたしたちの死んだ子どもたちの分ですが？

市長　もうこれでお忘れになるようにとわたしが飲みました。

母親　市長さん、一度はがまんします。ですがもうあとは手をつけないで下さい。

市長　そんなに無理に忘れないようにと懸命になる必要はないじゃありませんか？

母親　無理に懸命になるですって？

市長　どこか不自然な気がします。

母親　市長さんは勘違いしておられます。
市長　そうでしょうか？
母親　ええ、あきらかに勘違いです。
父親　（二人の息子を伴って出て来て）市長さん、わたしたちの息子たちです。
市長　（二人の息子に握手を求めて）素晴らしい若者たちだなあ。
父親　上の五人の子どもは亡くしましたから、六番目と七番目です。
市長　実質的には長男と次男ですね？
母親　市長さんの勝手で呼ばないで下さい。
父親　（怒った母親の態度に怪訝な表情で）お前……
市長　（二人の息子に）あのー、会うやいなやすみませんがね、幾つか聞いてもいいですか？　あまりむずかしく考えないで、ありのまま率直に答えて下さい。君たち、昨日デモ行進をしながらどんな感じがしましたか？
次男　（長男に）兄さん、わたしが先に話してもいいですか？
長男　いいよ……先に話しなさい。
次男　（市長の前に一歩進み出て毅然とした態度で）率直にいってわたしは恥ずかしかったです。
市長　恥ずかしかった？　どのような訳で？
次男　（不満そうな声で）わたしたちの家族は五人も命を捧げています。だから怒りと悲しみの象徴のようになって毎年記念式に出ていきます。また記念式が終われば、足がむくんで声がかすれるほどデモ行進もします。そのようなわたしたち家族のおかげで、人びとはややゆるんできた覚悟をあらたに固めるのです。ところがその代償が何ですか？　わたしたちの父親はせいぜいホテルの支配人です。それもはじめから支配人をさせてもらったのではなく、お客様たちの荷物を運ぶ末端の仕事から少しずつ少しずつ昇格させてもらったのです。しかし今は常務や専務のような上役に昇格させてはもらえません。わたしたち家族がスローガンを叫びながらデモ行進をする時、そのホテルの観光客たちも見物をしたのでしょう。しかし結局は何ですか？　わたしたち自身を見せ物にしてふさわしくない報酬を受ける格好ではありませんか？

市長　だからあなたは恥ずかしいというのですか？

次男　わたしたち家族が無能だからそうなのです。わたしたちより犠牲の少ない人びとでももっとたくさんの報酬をもらっているのに、わたしたちはどうですか？　わたしたちはわたしたちが受けるべき報酬さえ満足に受けることができないのです。

父親　（顔が赤くなって、小声で）おまえはまたその話か？　おまえと一緒に給仕をやっていた人が今でもお客さんたちの荷物を運んでいる。わたしが支配人になることができたのは……

母親　（父親の話を先取りして）あなたが支配人になることができたのは子どもたちを五人も犠牲にさせたおかげです。

父親　お前……

母親　（次男の肩をもって）この子のことば通りですよ。わたしたちが被った犠牲に対しては報酬はとてもわずかなものですよ。

市長　（長男に）君はどう考えているの？

長男　わたしは……申し上げることばがありません。

市長　なぜ？　弟のような不満がないの？
長男　（沈黙）
市長　思った通り率直に話してごらん。
長男　わたし、やはり……恥ずかしさを感じました。けれどわたしが感じた恥ずかしさは……そのような報酬の問題とは違うことです。
次男　兄さん、何をおっしゃるんですか？　わたしたちはわたしたちが受けるべき程のものはもらわねばなりません。
長男　スローガンを叫びながらデモ行進をしても……僕は憎悪心がわいてこなかった。
母親　もっと弟をみならいなさい。お前のようだと支配人にもなれませんよ。
市長　（二人の息子に）お父上に聞いて知っているでしょうが、わたしが君たちに会いに来た理由は、ある女性と一緒にさせたいためなのです。ところがわたしは実はその女性と直接会うことができなかった。ある奇妙な男から聞いた……いや、むしろ夢を見ていたというのが正しいかな。わたしはその夢の中で、悪臭を漂わせて腐りかけている沼を見た。そして夜更けに、人びとの目を盗んで両側の下水道を這ってきてその沼で会う一組の男女を見たのだ。女性は恐怖に怯えた姿であちら側のすべての人間は剥製になったと話していた。そして男性にどうか自分を救って下さいと哀願していた。わたしはその夢を見ながら冷汗をかいていた。さて、この恐ろしい悪夢をどのように考えたらいいだろうか？
次男　わたしが考えるには……
市長　何だね？

次男　夢というものは荒唐無稽なものです。一種の空想でしょう。重要な意味を含んでいるようですが、実は何もないのです。

市長　（長男に）君はこの夢をどのように考えるかね？

長男　（沈黙）

市長　（長男に近づいて、顔を見つめて）わたしを信じて話してみなさい。

長男　市長さん、わたしを助けて下さい。

市長　（長男の肩に手を置いて）うん、わたしが何を助けてあげればいいのかね？

長男　まず安全な場所が必要です。その女性を安全に保護して下さい。

市長　市庁はどうだろう？　市庁につれてきて保護してあげよう。

長男　ありがとうございます、市長さん。

父親　一体その女性は誰ですか？

市長　あちら側の女性です。

母親　（驚いて）な……何ですって？

市長　落ち着いて下さい。いまや悪夢から覚めなければなりません。

母親　（長男に）あちら側の女はだめよ、だめ。

長男　お母さん……

母親　おまえの死んだ兄さんたちがここにいる！　天罰が下りる。お前がそんことをしたら天罰が下るよ。

（舞台前面。観光案内員が団体観光客たちを連れて父親の家に到着する。）

観光案内員　みなさん、まさにここがわが都市の模範的な家庭です。ラジオとテレビ、それに冷蔵庫が備わっています。ですから生活水準からみて、この家庭はわが都市の平均値を示しているといえるでしょう。
若い観光客　（写真を撮りながら）素晴らしい家庭だ！　素晴らしい家庭じゃないか！
女性観光客　家の中に入って見ることもできますか？
観光案内員　もちろん入ってご覧下さい。
別の観光客　失礼になりませんか？
観光案内員　失礼なことはありません。観光客たちがわが都市の家庭を見たいとおっしやる時には、いつもこの家に案内してさしあげていますから。
別の観光客　この家のご主人は良さそうな人のようですね？
観光案内員　この家の主人は皆さんが泊まっていらっしゃるホテルの支配人です。お入りになっていくらでも見物して下さい。
観光客たち　（家の中に入る。）
若い観光客　（家の中のあちこちを撮影して）素晴らしい家庭だ！　素晴らしい家庭だなあ！
老観光客　（父親に）あそこにあるテレビはモノクロですか、カラーですか？
父親　カラーテレビです。
老観光客　家庭の暮らし向きは悪くないですなあ。
女性観光客たち　（母親に）冷蔵庫を開けてみてもいいですか？
母親　どうしてそんなことを？

女性観光客たち　食生活がどうなっているか気になるのです。
母親　開けてごらん下さい。
女性観光客たち　（冷蔵庫を開けて見る。）この中に入っているのは牛肉ですか？
母親　はい、輸入牛肉です。
女性観光客たち　（うなずきながら）食生活はなかなか良いようね！　洗濯機はないのですか？
母親　洗濯機で洗い物をすると汚れがよくおちないのです。それでわたしの家では手でごしごしこすって洗濯をするんです。
女性観光客たち　まだ洗濯機はうまく行きわたっていないみたいね。
また別の観光客　（父親に）こちら側とあちら側の生活を比べると、どちらが暮らし良いと思いますか？
父親　こちら側があちら側よりずっと暮らし良いです。
剝製師　（市長に）ここにいらしてたんですね、市長さん。
市長　（剝製師をにらんで）そうですよ。
剝製師　（若い観光客に）もし、その若い人、わたしたちの写真を一枚撮ってくれませんか？
若い観光客　はい、いいですよ。
（剝製師、父親と長男を市長の横に立たせ、自分のそばには次男と母親を立たせる。）
若い観光客　（彼らに向かってカメラを調整して）お互いにもうちょっと近寄って下さい。
市長　お互いに近寄ることはできませんからこのまま撮って下さい。
若い観光客　みなさん、笑って！

剝製師　笑うこともできないようで……

若い観光客　ではチーズ、みなさん。（シャッターを押す）はい、終わりました。

剝製師　（母親と次男に）一緒に記念写真をとっていただいてありがとうございました。写真ができたらお持ちしたいのですが、そうしてもかまいませんか？

母親　ええ、持ってきてください。

観光案内員　皆さん、家の中の見学が終わりましたら他の所へ参りましょう。（観光会社の旗を持ち上げて行きながら）この旗についてきて下さい。この旗を見失わないでついていらして下さい。

■第５場

沼、深夜。霧が深くたちこめている。長男、下水道の中から用心深く這い出して来る。周囲をうかがって安全かどうかを確認してから、彼は下水道に向かって出てきてもよいという信号を送る。市長と父親が這い出て来る。

市長　ああ、くさい匂いだ！

父親　ひどいなあ。

市長　ここはどこだ？

長男　沼です。
市長　あちら側の女性は？
長男　まだ来ていないようです。
市長　夜霧が立ちこめていてよかった。
父親　市長さん、どこかへ腰掛けて待ちましょう。狭い下水道をうつぶせになって這って来たので骨の節々がずきずきしますな。
市長　まったくです。
長男　座ってはいけません。ここは腰まですっぽり埋まる沼です。座ったら最後、頭まで埋まってしまうでしょう。
父親　（不満そうな声で）じゃあ、こうしてすっぽり埋まったまま立って待たねばならないのかい？
長男　はい、声を……

（サーチライトの光が沼地を照らして過ぎて行く。）

長男　伏せて下さい。
市長、父親　あの光は……？
長男　見つかったらたいへんです。どうか伏せて下さい。
市長、父親　（伏せる）
長男　（しばらくして首をあげる）もう行ってしまいました。

（市長と父親、頭をあげる。伏せている時飲み込んだ汚いもののため吐き気をもよおす。）

市長　うっうっ！　なにかぐにゃぐにゃした汚いものが喉の奥に入っていった。

父親　ぺっぺっ！　わたしの喉の奥にも……ぺっ！
長男　どうぞ静かに……
父親　ぺっぺっ！　はらわたがネジれるように苦しいというのにがまんしろというのか？
市長　うっうっ！　胃腸がひっくりかえる。
長男　どうか……ここは危険な場所です。
（サーチライトの光が再び沼地を隅々まで照らして過ぎて行く。市長と父親は伏せる。）
長男　（先に頭をあげてあたりをうかがう。）もう行ってしまいました。起きて下さい。
父親　（一層ひどく吐き気をもよおす。）ぺっぺっ！　はらわたがネジれるようだ。
長男　なんとか我慢することができませんか？
父親　ぺっ！　まったくひどいなあ。ぺっぺっぺっ！　一体何を飲み込んで……ぺっ！　吐き気をがまんできませんか？
市長　ううっ！　吐き気をがまんできないかって？　両側の下水道から流れてくる汚物とごみ……うっ！　ううっ！　食器を洗い、床を掃除して、トイレから流れでてくるものなんかですよ。
父親　ぺっぺっ！　しかし市長さん、わたしがここまで来たというのは……ぺっ！　息子とあちら側の女性の結婚を、ぺっ！　賛成していると考えないで下さいよ。
市長　うっ！　ううっ！　何ですか？
父親　ぺっぺっぺっ！　愛は愚かな行為です。ぺっぺっ！　人びとが絶対に受け入れられない行為です。ぺっ！
市長　うっ！　ですから、ううっ！　お父さんとして精一杯助けてあげなければなりません。

父親　ぺっ！　わたしが前もって知っていたならば……ぺっぺっ！　こんな愚かなことはできないように食い止めたでしょう。（長男に訴えるように）戻ろう！　ぺっ！　誰かに見つかる前に早く戻ろう。

市長　ううっ！　ご子息が可哀相ではありませんか？　数十年の間、両方から捨てられるばかりで全く片付けられもしない汚い沼の中に埋まって、ひそかに恋愛をしていました。うっ！　ううっ！しかし助けてやることはできなくとも反対をしますか？

父親　（長男に）ぺっ！　こんなことはお前を不幸にするばかりだ。ぺっ！　早く戻ろう。

市長　ううっ！　いまは戻っても無駄です。

父親　ぺっぺっ！　無駄ですって？

市長　うっ！　すべての人びとが知ることになるからですよ。ううっ！　うっ！　わたしは人々に二人の男女の愛を公開するつもりです。

父親　（絶望的に）ぺっぺっぺっ！

市長　うっ！　ううっ！　二人の男女の結び合いを公開することで分裂させられた両方を出合わせることができるからです。（長男に）ところで、うっ！　どうしてあちら側の女性は来ないの？

長男　来ます、間違いなく。

市長　うっ！　ううっ！　すでに来ているけど霧のために見つからないのではないですか？

長男　彼女が来たら鳥の鳴き声が聞こえるはずなんですが……

市長　鳥の鳴き声……？

長男　来たという信号ですよ。

市長　（しばし耳を傾ける。）ううっ！……静かですね。

父親　（長男に哀願して）ぺっ！　戻ろう。頼むから、戻ろう。

長男　お父さん……

市長　一体何が心配なのですか？　うっ！　ううっ！　みんなも二人の男女の結びつきをお祝いするはずです。

父親　市長さんは何を根拠にそんなことをいうのですか？　ぺっ！　わたしは両側に分けられたここで生涯を過ごして来たんですよ。

市長　うっ！　ううっ！　しかしいつまでも両側が憎み合いながら暮らせないじゃないですか？　うっ！　今夜あちら側の女性が来れば最も安全な市庁にお連れしましょう。そして三日以内に盛大な結婚式を行なうようにいたします。安心して下さい。ううっ！　そうすれば万事がうまくいくでしょう。（サーチライトの光が再び近づいて来るのを見ながら）ええっ、また伏せるのか！

（彼らは沼に伏せる。光がかすめて行く。少したって首をあげる。）

父親　ぺっぺっ！

市長　うっ！　はらわたがひっくり返りそうだ。

父親　ぺっ！　無駄なことです。このまま戻りましょう。

市長　うっ！　ううっ！　戻りたければお一人で行って下さい。

長男　ぺっ！　静かに……何か聞こえました。鳥の声のようだ……そうでしょう？

市長　（耳を傾ける。）そうだ……確かに鳥の声だ。ううっ！　君がここにいると知らせなさい。

長男　信号を送ってもこちら側には来ないようです。

市長　なぜですか？

長男　わたし一人ではないからです。彼女はわたしたちみんなの声を聞いて不安になっているのです。

市長　そうかあ。不安な泣き声だね。うっ！　ううっ！

長男　こちら側には来ることができなくて、あちら側の霧の中をさまよっているようです。

市長　うっ！　泣き声がだんだんせっぱつまっているな。

長男　わたしが行って連れてきましょう。

父親　（長男が消え去った霧の中を茫然と眺めながら）ぺっ！　ぺっ！　市長さん、わたしはあの息子を愛しています。

市長　むろんでしょうとも。ううっ！

父親　死んだ五人の子どもたちより一層愛しています。ぺっ！　ぺっ！

市長　ああ、そうでしょうね。うっ！

父親　ぺっ！　ぺっ！　生きている二人の息子のうちでも最も愛しています。おわかりですか？

市長　わかりますとも。ううっ！

父親　いいかげんな返事をなさらないで下さい。ぺっ！

市長　ううっ！　わたしがいいかげんだというんですか？

父親　市長さんはわたしの本心がわかっていない。ぺっぺっぺっ！

（長男、霧の中であちら側の女性を抱いて立っている。）

長男　お父さん……

父親　ぺっ！　この愚か者めが！

長男　この沼からわたしたちを救い出して下さい。
父親　わたしがどうしておまえたちを助けることができるんだ？
長男　お父さん……
父親　わしにはできない。ぺっぺっ！　おまえの母ちゃんに話してごらん。
長男　お父さんが助けてくだされば お母さんもわたしたちを助けてくれるでしょう。
父親　おまえの母ちゃんは死んだおまえたちの兄たちのことを思うと助けられないはずだ。
長男　お父さんとお母さんが助けてくれれば死んだ兄さんたちも理解されることでしょう。
父親　ぺっ！　おまえの兄さんは何というか？
長男　（沈黙）
父親　それ見ろ。ぺっぺっ！　答えられないのはおまえの兄さんたちも反対しているということじゃないか？　ところで誰がおまえたちを助けることができる？
長男　お父さん……
父親　誰もおまえたちを助けてやれないだろう、誰もおまえたちを……ぺっ！
長男　お父さん、わたしたちを助けて下さい。でなければわたしたちはこの沼から一歩も出ることができません。

（サーチライトの光が近づいて来る。彼らはみな伏せる。しばらくあと、ひどい吐き気に襲われる。）

市長　うっうっ！　腸がひっくりかえる。
父親　ぺっぺっ！　はらわたがネジれる。

（急にサーチライトの光が引き返してきて機関銃の掃射音が鳴り響く。）

父親　（長男に）ぺっぺっ！　早くここを離れよう。ここはおまえたちがいる所じゃない。

市長　うっ！　ううっ！　両側を一緒にさせてこの汚い沼からあの二人を移さなければならない。

（舞台の向こう側。観光案内員が団体観光客たちを率いて沼の近くに到着する。）

観光案内員　観光客のみなさん、まさにあそこが両側の境界となっている沼地帯です。わが都市に観光にいらしてあの沼を見物しないで帰ったならどうなるでしょうか……ベニスへ行ってゴンドラに乗らないで帰って行くのと同じです。この夜中に、霧の一層濃い夜中にみなさんをご案内したのはみなさんの安全のためです。日中にはこの付近に姿を現すことはありませんが、たとえ霧の深い夜でも高性能のサーチライトが光っていますから注意して下さるようお願いいたします。大きな声を出したり、何かを落としたり、隣の人とふざけたりしてはいけません。もう一度ご注意申し上げますが、命を落としてまで見物なさらないで下さい。絶対に沼の近くには行かないでここらあたりから注意しながらスリルを楽しんで下さい。

若い観光客　（写真を撮りながら）素敵な沼だ！　素敵な沼じゃないか！

観光案内員　写真の撮影はいけません。

若い観光客　本当に素敵な沼ですよ。

別の観光客　一体何が素晴らしいというんだよ。ねえ君、霧の中で何が見えるといって写真を撮るんだね。

観光案内員　フラッシュをたくのは一層いけません

女性観光客　霧のために何も見えません。沼はどちらの側にあるんですか？

観光案内員　腐った匂いが漂ってくる方向に沼があります。

女性観光客　腐った匂いがひどいですね。でもどっちの方向から匂ってくるのかわからないです。

（サーチライトの光が照らしだす。）

観光案内員　みなさん伏せて下さい。

老観光客　（ためらって）伏せるんですか？

観光案内員　死にたいですか？　伏せて下さい。

（観光客たち、伏せる）

また別の観光客　本当にこんどの観光は面白いですね。

若い観光客　素敵なサーチライトじゃないか！　素敵なサーチライトだよ。

別の観光客　（若い観光客のカメラをひったくって）気がおかしいの？　写真を撮ってはだめですよ。

女性観光客たち　まあ、恐い。

老観光客　だけど面白がっているご様子ですが？

女性観光客たち　そうです、恐いけれど面白いわ。

（サーチライトの光が過ぎて行く。）

観光案内員　さあ、起きて下さい。もう安心しても大丈夫です。（伏せている女性観光客たちに）どこか怪我したところはありませんか？

女性観光客たち　（起き上がって服をはたいて）ありません、怪我したところは。

また別の観光客　各地をいろいろと回りましたがこんな興味深い観光は初めてです。

（サーチライトの光が照らされる。観光客たちは案内員が言うまえに伏せる。機関銃の掃射音が聞こえてくる。）

観光案内員　みなさん楽しいですか？

観光客たち　はい、楽しいです。

観光案内員　あれは機関銃を撃つ音です。みなさんは楽しいかもしれませんがわたしは肝がつぶれます。さあ、みなさん伏せたまま這ってここを抜け出しましょう。（這いながら旗を振る。）この旗に続いていらして下さい。この旗を見失わないで続いてきて下さい。

■第6場

新聞社の発行人室。発行人がワイシャツの袖をまくり上げてネクタイを緩めたまま記事を書いている。彼は自分の書いた記事を読んでみる。気にいらないのか神経質的にまるめてくずかごに投げ捨てる。父親と長男、入って来る。発行人は彼らが来たのに気づかないで記事を書くことに没頭している。

長男　（発行人に近づいて）失礼いたします。

新聞発行人　邪魔しないで下さい。邪魔しないで。

父親　ひどくお忙しそうだな。待つことにしよう。

（間）

長男　（発行人に）あのう、ちょっとだけよろしいでしょうか……

新聞発行人　邪魔しないでくれといってるだろう。（怒った顔で首をあげる。父親と視線が合う。）ああ、あんたは何の御用でしょうか？

父親　緊急に申し上げたいことがあって参りました。ですが……ひどくお忙しそうですね。

新聞発行人　ええ、重大な記事を書いています。（時計を見る。）これは大変だ。締め切りの時間じゃないか。

父親　（そわそわして）では、わたしたちにおかまいなくどうぞ記事を書いて下さい。

新聞発行人　全くこの頃の記者たちといったら記事一つまともに書けない。文章の力がなってない。新聞とは読者たちのために事実を正確に伝えなければならないものなのに、文章の実力がメチャクチャだから事実を虚偽のごとく、虚偽を事実のように書くんです。そんなことでどうして人びとは新聞を信じますか。それでもわが新聞は良い方です。発行人であるわたしが直接、半分以上を書きますから。最小限わたしが書いた記事についてだけは安心して信じてもいいでしょう。（時計を再び見る。）さてどうしよう？　締め切りの時間が過ぎてしまったじゃないか。

父親　（長男に）お忙しい時に来たようだな。（発行人に）お暇な時間はいつでしょうか？　わたしたちはその時また参ります。

新聞発行人　（手をふりまわしながら）そうじゃない、新聞社の仕事というものはいつでもこうですよ。一日二四時間暇な時というものは全然ありません。ところで、わたしにおっしゃりたいこととは何でしょうか？

父親　市長さんには……すでに申し上げたのですが？

新聞発行人　そうそう、市長さんから何か聞いたようだが、あちら側の女性と結婚する男性が新聞社を訪ねて行くからよくめんどうをみてやってくれ、そんな電話を受けたことはありましたが……

父親　はい、そのことです……

新聞発行人　では、その男性が？

父親　はい、わたしの息子です。

新聞発行人　（長男を上から下にじろっと眺めて）これは信じられませんな。しかも五人もの犠牲者を出した家でこのようなことがあるなんて。

父親　ですから……新聞社の助けをお願いしようとやって来たんです。

新聞発行人　そうですか、わたしがどのようにお助けすることをお望みですか？

父親　なんといっても新聞が一番大きい影響力を発揮するんじゃありませんか？

新聞発行人　そりゃあそうですよ。新聞の影響力はとても大きいものです。一例を申しあげれば、心臓手術をしなければならない子どもがお金がなくて死んで行くと報道すれば、たちまちあちこちから篤志家たちが現れるんですよ。また読者たちはそのような記事を読んで満足します。やはり世の中とは冷酷なことばかりではなく、じんとくるような感動も与えてくれます。多分わたしにお願いしようとすることもそんなことのようだと思いますが、違いますか？

父親　はい。わたしたちが今必要なこともまさにそのようなことです。

新聞発行人　それでしたらわかりました。お助けできるよう最善をつくしてみましょう。しかし新聞というものは、人びとの世論を反映するものではありませんか？　だから記事一本を書いても、それが人びとの世論をそのまま表しているか慎重に検討してみなければなりません。（書いていた記事を指して）今書いている記事もそうです。あきらかにこれは特殊で、人びとの世論とは合わないのです。それでわたしはこれを報道するかどうするか、書いては捨て、捨ててはまた書いて苦しんでいるところなのです。（記事を書いた紙をまるめてくずかごに投げ入れて）仕方ないな。締め切りの時間も過ぎたし、ごみ箱に捨てるしかないか……

父親　捨てるなんて、もったいないじゃありませんか？

新聞発行人　どうしてもったいないことがありましょうか？　しかし報道されない事件はなかったものと同じです。（一息入れて）一日にこのようなことが数百件にもなります。新聞を発行するということは苦しくてしんどいことです。たとえわたし自身がこの新聞社の発行人であっても、自分の思いどおりにはいきません。いつも多数の人びとの世論に神経を使わねばならないなんて、本当に大変でうんざりですよ。さて、訪ねて来られた用件についてお聞きしましょう。こちら側とあちら側の結婚は重大な事件です。わたしはこの事件がトクダネとして報道されるよう最善をつくしてみます。（記事を書く姿勢をとりながら、長男に）いつからでしたか？　君があちら側の女性と馴染みになったのは？

長男　去年の夏からです。

新聞発行人　（メモをとりながら）主に会った場所は？

長男　沼で会いました。

新聞発行人　沼といえばこちら側とあちら側の境界地域じゃないか？

長男　そうです。

新聞発行人　そこはものすごく汚なくて危険なところだ。（父親に）そんな所で人と会うことは禁止された行為です。息子さんにその事実を教えてあげたことはなかったのですか？

父親　わたしは何度も……注意しました。

新聞発行人　成人する前に注意してやりましたか、成人以後に注意してやりましたか？

父親　成人以前も以後も、何度も話しました。

新聞発行人　（長男に）それでもあちら側の女性と会った訳は？

長男　（沈黙）

新聞発行人　記事を書くからには知らねばならないからね。禁止された行為に対する好奇心のせいからかい？

長男　（沈黙）

新聞発行人　答えなさい。

長男　わたしたちはお互いに愛しあっています。

新聞発行人　そのように漠然とぼかさないで具体的に説明しなさい。

長男　愛はお互いに親しく近寄るものです。わたしたちは近くに近寄ってお互いの顔を見つめあいました。しかし沼は汚く闇が濃くて、見るだけではお互いを確認することができませんでした。わたしたちはいっそう近寄って手を差し出しました。額に触れ、目に触れ、頬に触って、唇に触りました。彼女は温かい、生きている人間でした。それでわたしはいいました。「おお、あなたは人間ですね！」すると彼女は涙を流しました。初めて、初めて聞く言葉だといいながら……

新聞発行人　たったそれだけ？

長男　これ以上何が聞きたいですか？

新聞発行人　あなたたちのその愛は、普通の人たちの愛とどこか違っていないのですか？

長男　？……？　違うってどういうことですか？

新聞発行人　もう少し特殊なことがないのかい？

長男　こちら側の男性とあちら側の女性が愛しあったといって特殊なことはありません。普通の人間が愛する時に感じる感情をわたしたちも感じて、普通の人間が愛する時にする行動をわたしたちもしたのです。

新聞発行人　普通の正常な男女と違うことはない……そう言いはるんだね？

長男　そうです。

新聞発行人　したがって、両側の男女たちは、将来いつでも会って愛するべきである、そういう意味なのかい？

長男　（しばらく考えたあと落ち着いた態度で）わたしが申しあげようとしたことは……両側の愛は特殊なことではないということです。

新聞発行人　（父親に）息子さんがあちら側の女性と会っていることは知っておられましたか？

父親　いいえ、知りませんでした。ところが昨日、市長さんがわが家に来られて話して下さったんですよ。

新聞発行人　市長さんはそのことをどうしてご存じだったのでしょうか？

父親　そうですね……お話ではそのようにおっしゃったのですが、直接目でご覧になる前は市長さんも信じることができなかったようです。それで昨夜、家の息子に案内されてその汚い沼に行きました。無論わたしもやはり一緒に行ったんですよ。父親として、わたしはそれは事実でないことを願いました。何かうちの息子のすることは人びとに理解されないことのようで、そのため不幸になるような気がするのです。

新聞発行人　要点だけおっしゃって下さい。それで直接目で見ましたか？

父親　はい、見ました。耐え難い悪臭と厚い霧の絡み合う沼で、恐ろしさのためにからだ全体が固まってしまったあちら側の女性を、うちの息子が抱きかかえていました。

新聞発行人　今その女性はどこにいますか？

父親　市庁におります。

新聞発行人　何ですって？　その女性を市庁に連れてきているというんですか？

父親　はい。一番安全なところだから。わたしたち三人はその可哀相な女性のそばで夜を明かしました。その女性は恐ろしい夢に悩まされ、うめき声とうわごとを言いながら眠れませんでした。わたしは息子に尋ねました。一体どうしてそのような女性を愛するんだ……？

新聞発行人　簡単に、要点だけおっしゃって下さい。

父親　はい。わたしの息子の答えは、その女性を愛さなければ、わたしたちすべてが結局はその女性のようになるのだといいました。わたしはその言葉を理解することはできませんが、わたしたちの頑固な態度を改めて助けてやらねばならないという強い感じを受けました。

新聞発行人　それで彼らの結婚に賛成なさる、そういうことですか？

父親　そうです。

新聞発行人　（長男に）君はその結婚をいつするつもりかね？

長男　三日後にする予定です。

新聞発行人　結婚式場は？

長男　市庁に決めました。

新聞発行人　では、媒酌人は市長さんがなさるんだね？

長男　はい。

新聞発行人　公開的な行事という形ですか？

長男　そうです。

新聞発行人　（今までメモした内容を調べてみて）ええと、この程度ならあらましの輪郭が見えるはずだが……

父親　（心配そうな表情で）新聞で報道して下さるんですか？

新聞発行人　まだ一つ問題が残っています。

父親　それは……何ですか？

新聞発行人　やはり人びとの世論が問題ですね。世論とはほかでもありません。大多数の人たちの共通した考えが世論というもので、両方の結婚は考えもしないことだから、衝撃を与えることは間違いありません。その上こちら側とあちら側の対立が緩和されるどころか、一層悪化しているのが現在の実状で、そのような結婚は多くの人びとを当惑させるばかりか不安にして、甚だしきに至っては世論を分裂させる心配さえあるのです。

長男　とても小さい記事でも結構です。新聞の片隅にわたしたちが結婚するという事実だけ報道して下さい。

新聞発行人　そうだな……それが難しいんだが……小さいことでも報道するということは、人びとにその事実を受け入れさせることを意味するんだよ。

父親　では、だめでしょうか？

新聞発行人　そうです。さらに不利なのは、こちら側の男性とあちら側の女性が愛したといっても、特殊なことではないとご子息は主張していて、さらにはあちら側の女性を愛さなければ、わたしたちすべてが彼女のようになってしまうという脅迫じみた理屈を言っています。しかし新聞発行人として判断すると、その主張は大多数の人びとの考えとは一致しなくて、反感を買うばかりで全く説得力がありません。（書いていた紙をまるめてごみ箱に投げ入れて）残念ながら、わたしはこのような結婚はないものとみなします。

父親　（そわそわしてごみ箱に捨てられた紙を拾い、発行人の前に広げて）すみません。もう一度検討して下さることはできませんか？

新聞発行人　わたしを冷たい人間とお考えですか？

父親　あ、そうではありません。

新聞発行人　わたしが融通がきかなくて、そして若い人たちを理解できない古くさい保守主義者とお考えになりますか？

父親　いいえ……そんなわけではありませんが？

新聞発行人　わたしは絶対そんな人間ではありません。わたしが進歩的な考えを持っていることはわたしたちの新聞を読む読者たちはみんな知っています。わたしが書いた記事はいつも新しいものであって、ごみ箱に捨てられるものを書きなおしたものではありません。（記事を書いた紙をくしゃくしゃにして再びごみ箱に投げ入れて）残念ですがあらためて検討してみる必要はありません。

長男　先生は毎年デモ行進を大きく報道していらっしゃいました。「敵を忘れるな」と叫ぶそのデモ行進はいつも大きく特筆されます。

新聞発行人　（いぶかしげな表情で）……ところが？

長男　ところがわたしたちの結婚はただの一行も出してくれようとはしませんね。

新聞発行人　ねえいいかい、新聞というものは、世論の比重によって記事の大きさが違うものだ。そのデモ行進は人びとの世論にマッチしているため大きく特筆されたのであって、君のその結婚は世論と食い違うものだから報道されないのだ。一体何回言えばわかるのかね？

長男　いずれにしろ、そのようにして人びとの世論というものは作られるのではないですか？

新聞発行人　では、わたしが君の結婚を大きく特筆することで、今までの世論をひっくり返すことができるというのかね？

長男　わたしは先生を公正な方だと思っておりました。

新聞発行人　わたしはいつでも公正ですよ。両側の結婚について多くの人びとが祝ってくれる考えをもっていたら、わたしは喜んで報道してあげよう。けれども人びとがそのような考えをもっていないのに、それを報道することはどんなに公正を欠くことか。（父親に）お宅の息子さんは思ったよりものわかりの悪い人ですね。一体誰が世論を無視する新聞を読みますか？　だれもそんな新聞は読まないし、また広告も出さないものです。結局、新聞社だけが潰れてしまうことになるでしょう。（別れの挨拶の手を差し伸べて）これ以上わたしを邪魔しないで下さい。もし新しい世論を作りたいのならば、金のたくさんある広告主を探して相談してみるのがいいでしょう。

（舞台前面。団体観光客たちが新聞社を訪問する。）

観光案内員　観光客のみなさん、まさにここがわが都市の有名な新聞社です。アメリカに行けば《ニューヨーク・タイムズ》を、フランスに行けば《ル・モンド》を、ドイツに行けば《ディ・ヴェルト》を読んでその国の世論を知ることになります。そのように、その国の世論を知ろうとすれば、そこの新聞を読まねばなりません。いますぐこの新聞社の発行人にみなさんを会わせますから、ここで気になっていることはなんでもお尋ね下さるようお願いいたします。

若い観光客　（写真を撮りながら）素敵な新聞社だ！　素敵な新聞社じゃないか！

新聞発行人　ようこそお出で下さいました。みなさんの訪問を歓迎いたします。

観光案内員　まさにこの方がこの新聞社の発行人でいらっしゃいます。

観光客たち　（拍手をする）

新聞発行人　（演説口調で観光客たちに）この地区のどこでも観光客のみなさんは盛大な歓迎を受けています。なぜならばこんにちの観光客のみなさんは、ショッピングなどをしながら歩く単純な見物人ではなく、現地の事情を少しでも理解して、また帰ってからは正しく伝えようとする文化の使節だからです。わたしはまさにその点を重要に考えて、わが新聞社を観光コースにのせるように訴えたのであります。

観光客たち　（拍手をする）

若い観光客　（写真を撮りながら）素敵な発行人だ！　素敵な発行人じゃないか！

ある観光客　（手帳と筆記用具を取り出して）ここを観光して歩いて気にかかったことがあるんですが、両側の交流はどの程度なのですか？　スポーツとか芸術公演などではお互いに交流はあるんでしょうか？

新聞発行人　そのような人的交流は全くありません。

別の観光客　それでは商品などの物的交流は？

新聞発行人　それもありません。

女性観光客　両側はお互いに文通はしているんでしょ？

新聞発行人　こちら側では文通を主張しています。しかしあちら側が反対しているのですよ。

女性観光客　なぜ反対するのですか？

新聞発行人　あちら側は完全に剝製にされてしまった社会です。そのような社会が最も恐れていることは何ですか？　個人の自由な意思疎通であって、こちら側とあちら側がお互いに手紙をやりとりするなんて考えも及ばないでしょう。

また別の観光客　手紙がだめでしたら電話することはできますか？

新聞発行人　電話さえ不可能です。何年か前に緊急電話線を架設したことがありましたが、あちら側で切ってしまいました。

女性観光客　両側に分かれた時、離ればなれになった家族も多いはずです、では彼らはどのようにしてお互いの安否を知ることができるのですか？

新聞発行人　ですから分かれているというのは、人間にとって最大の悲劇です。家族たちがお互いに離ればなれになったまま、まだ生きているのか、さもなければ死んだのか、生死さえ知ることができないし、また知らせることもできません。

観光客たち　ああ、そんな！　両側が完全に断絶状態なのですね。

新聞発行人　そうです。文字通り完全な断絶状態です。

老観光客　そうならば一層心配だ。いつ頃両側が再び一緒になることができるのでしょうか？

新聞発行人　ああ、実は誰もが最も心配していることが、まさにその問題です。明らかなことは、さっきも申し上げましたが、両側に分かれているということは最大の不幸で悲劇です。あちら側の世論はどうかわかりませんけれども、こちら側の世論は、一日も早く両側が一緒にならなくてはならないということです。われわれの新聞はそのような世論を最大限反映しています。

剝製師　こちら側とあちら側の結婚についてはどのようにお考えですか？

新聞発行人　結婚ということですか？

剝製師　三日後に、両側の男女が結婚するという話を聞きました。

新聞発行人　たぶん何かの聞きまちがいでしょう。

剝製師　いま市庁へいらして見てください。市長さんが通り過ぎる人ごとにつかまえては、その結婚式に出席してくれるようにとおっしゃっていました。

観光客たち　ええ、わたしたちもその結婚式に招待を受けたんですが？

新聞発行人　それは全くおかしいですな！　そのような結婚式がある予定ならば新聞で報道されたはずなのに？

剝製師　市庁に確認してみて下さい。

新聞発行人　新聞で報道されないものは流言蜚語です。見ててごらんなさい、そのような結婚式はないはずですから。（観光客たちを見回して）もう質問なさる方はいらっしゃいませんか？　いらっしゃらなければこれで会見を終わろうかと思います。

観光案内員　（旗をもちあげて）さあ、では次の場所へ行きましょう。この旗について来て下さい。この旗を見失わないでついて来ないと、次の場所が見物できません。さあ、ついて来て下さい。

■第7場

企業家の事務室。父親と長男が企業家と会っている。企業家は相手の話をみな聞く前に自分の意見のみぶちまける。

企業家　あなたたちのお話は全部聞かなくともわかりました。助けを乞いに新聞社へ行ったが、お金のある広告主に相談してみろと忠告を受けたようですが、たしかにわたしはその新聞の経営を助けるために無駄な広告をたくさん出しています。率直にいって、わが社の製品は広告を出さなくとも売れるようになっているんですよ。わたしの話がわかりますか?

父親　はい……

企業家　返事の声が小さいですね。広告を出さなくとも売れるということは、その製品が市場のほとんどを独占しているためです。もう理解されたでしょう?

父親　はい。しかし、わたしたちが訪ねて来たのは……

企業家　わたしたちの企業ばかりでなく他の企業も同じです。単刀直入に申しあげて、わが企業の工業用誘致工場で生産される黒禿鷲洗濯石鹼は、市場占有率が九五パーセントを占めております。しかし食品誘致分野にあっては、他の企業の象印の食品類がほとんど市場を独り占めにしているんですよ。このような仲のよい独占は、市場が零細で資本が貧弱な企業が成長するところにあっては必須な条件なのです。

父親 はい、しかしわたしたちは……

企業家 ですから広告をしなくても売れるのになぜ熱心に広告を出すのか、その理由はこちら側とあちら側に分断されているからなのです。そのように分断されているから市場が零細で、市場が零細だから資本が蓄積されず、資本が蓄積されないから企業が育成されず、企業が育成されないから経済が発展できないのです。ですから経済力を高めるために、企業の独占行為を黙認してくれるので、企業がそのようにして得た利益を全部自分のものにしてしまうと悪口をいわれるのは当然でしょう？ ですから率直にいって、企業がその利益を社会全体に還元してやるという意味で広告を熱心に出すんです。

父親 はい、理解できます。ですが……わたしたちが訪ねて来たのは……

企業家 むろんわたしのような企業家は、広告ばかりでなく貧しい芸術家を後援してあげたり、体育基金に寄付したり、またデモ行進のような行事の費用を負担することで、企業の利益をより幅広く社会に返してやっています。ところで率直にいってあなたたちのように結婚まで助けてくれというのはちょっと行きすぎですね。（不快な表情で父親に）ホテルの支配人の給料はいくらですか？ 一体いくらもらっていて結婚費用が準備できないのですか？

父親 （顔をあからめて）わたしたちは……そうではないんです……

企業家 わたしはそのホテルの株をもっています。あなたの給料が思わしくなければ、わたしの配当金を減らしてでも式を挙げねばならないというのですか？

長男　わたしたちは結婚費用のために来たのではありません。

企業家　結婚費用のためではないですと？

長男　はい、経済的な助けをお願いするのではありません。

企業家　（父親と長男の顔をかわるがわる眺めて、父親に）ではわたしに何をしろというのですか？

父親　結婚式に参席してくだされば……ありがたいのです。

企業家　（長男に）君も同じ考えかい？

長男　はい。

企業家　（笑いながら長男の肩をつかんでゆすって）なぜ早くそのことを話さなかったんだい？

長男　申し上げる暇もなかったじゃないですか？

企業家　それで、結婚はいつするんだい？

長男　三日後にします。

企業家　式場は決まったの？

長男　はい、市庁です。

企業家　市庁で？　媒酌人は？

長男　市長さんです。

企業家　盛大な結婚式になるようだね。有志たちもたくさん招待したのかい？

長男　はい。しかし参席してくれるかどうかわかりません。

企業家　わたしは必ず参席しますよ！

長男　ありがとうございます。

企業家　（父親に）すまなかった。結婚を助けてくれというから、わたしはまた金の無心に来たのかと思ったんだ。率直にいって、わたしを訪ねて来る人たちは物質的援助を求めて来るんだよ。しかし企業家も人間です。心からにじみ出る温かいお祝いをすることもできる人間ですよ。結婚式に招待してくださってありがとう。

父親　いいえ、むしろありがたいのはわたしたちです。（長男に心配そうな表情で）どうすればいいかな？　新婦が誰かということはご存じないようだが。

長男　お話しなければならないでしょう。（企業家に）ところで、わたしの新婦については一言もお聞きになりませんが。

企業家　聞くまでもなく新婦は美人でしょう。

長男　はい、美しいです。

企業家　女性は綺麗ならば十分です。率直にいって、何をそれ以上望むかね？

長男　けれどわたしの新婦は……あちら側の女性です。

企業家　あちら側の……？　つまり君の新婦は……幼い時、両側に分けられた時に、ご両親についてこちら側に来たということかな？

長男　ご両親は来られません。

企業家　じゃあ……一人で？

長男　はい。

企業家　（表情が固くなって）誰か、その女性の身元を保証する人がいるのかね？

長男　はい。まさにわたしが保証人です。

企業家　君が？

長男　結婚するということ以上に確実な保証はありませんでしょう？

企業家　なぜもう少し早くそのことをいわなかった？

長男　申し上げようとしたのですが……

企業家　話す暇も与えてくれなかったというんだね。（父親に）単刀直入にいって、このとんまがわたしの息子ならば、ほっぺたをひっぱたいてしっかりさせるようにします。そしてあなたにも警告しますが、こんな無駄なことでホテルを空けて歩き回らないで下さい。もしこれ以上こんなことをしたら、株主総会を開いてあなたの支配人の席を剝奪してしまいますよ。

（舞台前面。団体観光客たちが企業体を訪問する。）

観光案内員　（黄色の安全帽を配りながら）観光客のみなさん、安全帽を着用して下さい。まさにここはわが都市で最も規模の大きい企業体です。作業過程と施設などを全部見物しようとすれば、約三時間四十分が必要です。そして一つお知らせしたいことは、見物をみな終えたのちに、この企業体に投資したい方がたのために、経営者たちに特別にお会いする機会が用意されています。

若い観光客　（写真を撮りながら）素晴らしい企業体だ！　素晴らしい企業体だな！

別の観光客　どこへ行ってもみな素晴らしいだな。

老観光客　（観光案内員に）あのう、案内員さん。わたしは関節炎患者で、三時間四十分のあいだ歩きまわることができない。だから見物を止めて先に経営者たちと会いたいんですが、だめですか？

観光案内員　団体行動をしなくてはいけません。一人だけ先に経営者とお会いすることはできません。

老観光客　（観光客たちに）では順序を変えましょう。わたしたちみんなで先に経営者と会って、見物は後にするというのはどうでしょうか？

観光客たち　そうしましょう。経営者から先に会うことにしましょう。

観光案内員　みなさんは団体観光客です。決まった順序に従って下さい。

観光客たち　（安全帽をぬいで振り回して）わたしたちは団体投資家たちです。経営者から会いましょう。

企業家　（うっとうしい表情で登場する。）何か騒がしいが？

観光案内員　すみません。団体で来た観光客たちなんですが、投資を先にして見物は後にしたいといっているのです。

企業家　ああ、観光客たちが投資家に急変したとして驚くことはない。いまの観光客たちは世間のあちこちをのぞき歩いては投資して、有利なところを素早くつかんでいるのですよ。（観光客たちに）みなさん、よくおいで下さいました。わが企業は投資の門を広く開いております。

老観光客　（観光客たちに）それ見ろ。この頃の企業家は、至るところで手あたりしだい、投資家たちを引きこんでいるのだ。（企業家に）ところでわたしたちが投資する場合、よそより有利な条件は何ですか？

企業家　ここの企業は市場を独占しています。

老観光客　それはよその企業も同じでしょう。

企業家　しかし正直に言って、よその企業はつぶれる場合もあるけれども、ここの企業は絶対につぶれません。

女性観光客　つぶれる心配はなくても損害をこうむることはある、そうおっしゃるんですか？

企業家　もっと率直に言って、ここの企業は損害なんてものはしたことはありません。

別の観光客　では投資家たちには永久的に利益を保証してくれるのですか？

企業家　そうです。みなさんは直接ご覧になりましたでしょうが、ここは驚くべき勢いで経済が発展しています。安心して投資して下さい。

また別の観光客　つぶれる心配はない、損害をこうむることもない、投資家たちには永久的な利益を保証してくれる、恐るべき速さで経済が発展している、一体ここではどんな奇跡が起こったのですか？

企業家　奇跡はありません。ただここがよそより有利な条件は、両側に分けられているということです。ですから率直にいって、両側でお互いに負けられないという競争が驚くべき作用をしているのですよ。

ある観光客　結局、投資家たちが魅力を感じるのはお互いのその競争なのですが、それはどの程度ですか？

企業家　どの程度の競争ならばあなたたちは安心して投資しますか？

観光客たち　お互いに競争が熾烈なほどいいでしょう。

企業家　両側はお互いに憎みあっています。憎しみ、これ以上どんな説明が必要でしょう。

老観光客　わたしは三十年間勤務して退職しました。その退職金をそっくりここに投資します。

観光客たち　わたしたちも投資します。

剝製師　ちょっとお待ちください、みなさん。もしその憎しみが消えたならばわたしたちは破産するのではないですか？

企業家　率直に言って、そんな心配をする必要はありません。

剝製師　なぜ心配する必要がないのですか？　両側がお互いに愛しあうという兆しが現われてきました。三日後に両側の男女が結婚するという噂をお聞きになっていませんか？

企業家　ああ、あの愚か者の結婚の話ですね？　わたしに参席してくれといって来ましたね。それでわたしははっきり正直に言ってやりました。わたしの息子ならばほっぺたをひっぱたいて目を覚まさせてみせると。もしそんな類いの結婚式をしたならば、ここの人たちは黙っておきません。絶対にそのような結婚はすることはできない。

観光客たち　投資します。わたしたちは安心して投資します。

観光案内員　（旗を高くあげて）さあ、投資がすみましたら生産施設と作業過程を見物しましょう。この旗を見失わずについていらして下さい。

■第8場

日が沈む頃。黄昏《たそがれ》があたりを包んで夕べの鐘の音が聞こえてくる。父親と長男、ひどくくたびれた様子である。彼らは道端のベンチに腰掛ける。

父親　日が沈むなあ……

長男　かなりお疲れのようですね、お父さん。

父親　うん……みんなの反応もはっきりしないし……

長男　でもまだ二日もあるじゃないですか？

父親　一日が千年のようで千年が一日のようだが……ほんとに今日一日が千年だった。ところでこの先が二日でなく何千年あったとしても、どんな望みがあるのか？

（間）

父親　日が沈んで夕べの鐘の音が聞こえてくる時には……わたしは後悔する。もう少し早くなにかしていたならば……わたしの息子のおまえが……今日のような侮蔑を受けることもなかったのだ。わたしの耳にはあの鐘の音が……怒っているように聞こえる。「がらん！　がらん！　おやじの世代が分かれてお互いに憎み合っているから、その息子の世までが千年の間侮蔑を受けるのだ！」

（間）

父親　わたしがおまえのように若かった時には……その時にはお互いに分かれていなかった。日が沈む頃にはすべてのものがやわらかくささやいていた。人びとも獣たちも、木々も、石ころも……市立大学の高い鐘楼に釣り下がっているあの鐘の音も、その時は平和に聞こえた。しかし今は……怒ってる音だ。ひどく怒って……

長男　わたしの耳にも怒っているように聞こえます。思い出しませんか、お父さん？　わたしが大学を卒業する時に、わたしはあの鐘の音について文章を学校の新聞に発表しようとしたのです。

父親　おぼえているとも。しかしおまえのその文章は掲載されなかったんじゃなかったかい？

長男　ええ、教授が読んで、この文章はだめだ、ほかのものに書き替えなさい。なぜ書き替えねばなりませんか、わたしが申し上げると……鐘の音は怒ってはいない。ただ君一人にそのように聞こえるだけだと……

父親　耳の聞こえない人にも聞こえるだろう、あの力強く怒っている鐘の音は……

長男　わたし一人がそのように聞こえるのではありません、わたしが教授にそういいましたが、では待ってみよう、すべての人びとがみんな怒っているように聞こえるという時まで……

父親　待つのにはもう遅い……あたりが暗くなっていく……

（間）

父親　鐘の音も止んだ。すべてのものが再び沈黙する。人びとも、獣たちも、木々たちも、石ころたちも……

長男　（椅子から立ちあがって）お父さん、わたしと一緒に市立大学に行きましょう。その教授に会えば前とは違ってわたしを助けてくれるような気もします。

父親　（首を振る。）もう遅くなった。わたしは……ホテルへ戻ろう。

長男　お父さん……

父親　おまえと一緒に行きたい気持ちは強いんだが……日が暮れるとわたしを待っているものは誰だね？　すべてのものが沈黙する時、うるさく騒ぎたてるのは見物客ばかり……その見物客ばかりじゃないか？

長男　お父さん……

父親　わたしの息子よ……可哀相なわたしの息子よ……千年の間侮蔑を受けるだろう……

（暗闇。市立大学構内の鐘楼。石油ランプの明かりが揺れながら鐘楼の急な階段を下りて来る。）

学長　いらっしゃい。わたしは君が来るだろうと思っていたよ。

長男　……予想されてたんですか？

学長　なぜって、いつかわたしたちの大学の鐘の音が怒っているように聞こえるといわなかったかい？　この頃ではわたしの耳にもそのように聞こえるよ。

長男　教授がご自身で鐘をおつきになるんですか？

学長　学長になってから直接鐘をついているよ。

長男　ああ、最近学長になられたことはわたしも聞きました。

学長　大学の最高責任者だ。だが大学の最高の閑職でもあるのだよ。だから鐘をついていた用務員が退職したあとからは、わたしが直接あの鐘をついているんだよ。（石油ランプを掲げて）暗い中にいないでこの明かりの中に近寄っておいで。

長男　（ランプの火のもとに近づく。）

学長　君は将来が嘱望されていた学生だったな。わたしと意見の衝突がなかったならば、わたしの後任の教授になったはずなのに……

長男　わたしより優れた学生は多いです。

学長　むろん頭のいい学生たちは多いよ。だが彼らは答えを出すのは有能だが、質問することはできないんだよ。今夜、わたしは君が何のために来たかわかっているよ。君はわたしに質問をしに来たんだろ？

長男　はい、学長様。

学長　昔のように先生と呼びなさい。事実わたしは君に深い愛情を持っているんだよ。

長男　わかっておりました、先生。

学長　君に対するその愛情は何といおうか……わたしの心の葛藤と絡み合っているんだね。君のような将来を嘱望される学生たちを激励してやるどころか、むしろわたしはそれを制止するように強要される立場にいる。君の文章の掲載を拒絶した時にも、わたしの心は苦しかった。一日中教授室のドアの鍵をおろし、窓の外の虚空に釣り下がっている鐘を眺めてばかりいたね。

長男　わたしもやはりその日は苦しかったです。この頃ご健康はいかがですか？　楽しまれていた自作の詩はいまも書いていらっしゃいますか……

学長　この頃は健康も自作の詩もだめになってしまったね。あの鐘をつきながら瞑想することがやっとだよ。（ランプで虚空を照らして）あの上を見てごらん。あの鐘楼のてっぺんの鐘は、昔この大学を創立した初代学長が釣り下げたものなのだよ。大学から鳴り響く知性の声が都市全体に広がることを願ったんだよ。しかし近ごろでは、あの鐘の音は怒りくるったように聞こえるんだよ。君はその疑問を究明しようと鐘の音についての人びとの心理的反応を文章に書いたのだった。そして君はその文章で、わが都市が両側に分けられているためにあの鐘の音が怒っているように聞こえるといったんだ。「愛せよ！　愛せよ！　愛せよ！」今晩も君の耳にはそのように聞こえるのか？

長男　はい、教授の耳にもそのように聞こえるのではありませんか？

学長　わたしは君のその文章がもめごとを起こすのではないかと思って拒絶した。

長男　もめごとをですか？

学長　よりによって、君はわが大学の鐘の音でもって人びとの反応を試してみようとしたんだ。

長男　わたしは今もそれがわかりません。それがどうして拒絶の理由になるのでしょうか？

学長　ねえ君、君もその文章で指摘したように、人びとを両側に分けておけばお互いに不安を感じて恐れるんだね。その上お互いを理解できないように長い間遮断しておけば、分けられた人びとはいっそう敵対的な偏見と憎悪をおこすから、まさにそれがホモセパラトスの特徴なんだ。ホモセパラトス、すなわち分けられた人びとは、その神経質的な病症のために、ちょっとでも目障りなものは我慢できず、難くせをつけて乱暴な行為をするようになる。わたしはわが大学が少しでももめごとに巻き込まれるのを好まないんでね。大学はそのような現実から超然として理想を維持しなければならない使命があるのだ。くりかえしていえば、あの鐘楼に釣り下がっている鐘を維持して鳴らすのが精一杯だ。あの音に愛せよと命令されても現実的には愛することはできないのだ。

長男　しかし教授、わたしはほかならないその現実の中にいます。知っていらっしゃいますか？

学長　むろん知っているよ。すでに君についての噂はぱっと広がっていたからね

長男　わたしを助けてください、教授。

学長　むろんわたしは君を助けてやりたいよ。

長男　ありがとうございます

学長　君の結婚を心から祝福する。

長男　ありがとうございます、教授。

学長　ただそのお祝いの気持ちは個人的にすることだよ。

長男　個人的といいますと？

学長　君とわたしがこのように二人きりでいるときだけのことという意味だよ。しかし公式的には君

の結婚は知らないことにしておくよ。

長男　どうして……どうしてそのようにおっしゃるんですか？

学長　すまないね。たぶん少数の知識人はわたしの立場とおなじだろう。どうかわたしの苦しい心情を理解してくれ。まだ大部分の人たちの耳には、わが大学の鐘の音は「からん、からん！」と虚空で鳴っている金属音にしか聞こえないよ。

（舞台前面。団体観光客たちが大学に到着する。）

観光案内員　観光客のみなさん、ここがまさに由緒深き市立大学です。古色蒼然とした建物、多くの人材を排出した研究室と図書館、そして亡くなられた初代学長を記念して建てられた銅像があります。しかしこの大学の一番誇らしい名物は、あそこに高く釣り下がっている鐘です。あの鐘の音は分けられたわが都市のこちら側とあちら側を分け隔てなく隅々まで鳴り響いています。

若い観光客　（写真を撮影しながら）素晴らしい大学だ！　とても素晴らしい大学じゃないか！

別の観光客　ちぇっ、暗くて何も見えないのに素晴らしいだなんて。

観光客たち　（案内員に）そんな有名な鐘の音ならば聴いてみましょう。

観光案内員　今夜はもう遅くなりました。

ある観光客　ここまで来てこのまま帰れというんですか？

観光案内員　そうですね……わたしがその鐘の音をまねすることはできるんですが……

観光客たち　聴いてみましょう。

観光案内員　（鐘の音をまねする。）からん！　からん！　からん！

ある観光客　なんて音なんだいそれは？

また別の観光客　そうだ……何がなんだかわからないな。

女性観光客　鐘の音を聞いたからとても遅いのだと思いますね。もうホテルに帰ったほうがいいでしょう。

老観光客　ほんとに疲れたな。

観光案内員　大学の建物に入ってみなくていいですか？

観光客たち　ホテルへ帰りましょう。わたしたちは疲れました。

観光案内員　それもそうですね。では大学の見学は絵はがきを買うことで代用することにして、ここまでにして今日はホテルへ戻りましょう。（旗を高く揚げて前に立っていきながら）この旗についていらして下さい。この旗を見失うとホテルへ戻れなくなります。

■第9場

父親の家。母親と次男が朝に配達された新聞を読んでいる。

母親　出ていないわねえ、今日の朝刊には……

次男　何をお探しですか？

母親　その結婚式のことよ……おまえは何をそんなに熱心に読んでいるの？

次男　連載小説、社会面の記事、経済面の記事、手あたり次第ですよ。発行人が書いた論説も読んでみましたが、昨日となんら変わったことはないですね。（母親に新聞を差し出して）こっちをご覧になりますか？

（母親と次男、新聞を交換して読む。）

次男　（紙面をあちこち探しながら）お父さんは昨夜はお帰りにならなかったでしょ？

母親　おまえの兄さんも戻らなかった。

次男　なぜむだなことをするのかわかりません。

母親　あきれたことだね、死んだ子どもたちが知ったら……

次男　（ぱっと起きあがって）まったくあきれるとはこのことだ。ぼくの前途はどうなるのでしょう。これからの将来が、すべての計画がその結婚のためにめちゃめちゃになりますよ。ぼくはお父さんのようにはなりたくないです。五人も命を捧げたあげくの果てがこれですか？　そのうえ情けないのは兄さんですよ。ぼくは兄さんにいいました。わたしたちが貰うべき報酬を取り戻さなければならない、何もすすんで損するようなことをしてはだめですよ。それでも兄さんはぼくの言葉を聞きませんでした。

母親　（新聞を読みながら）そう、あの結婚は損よ。

次男　（不満な表情で）お母さん、一体何を読んでおられるんですか？

母親　雨のようだわね、明日は。

次男　つまらない天気予報の記事を読むだけで、ぼくの言葉は聞きもしないんですか？

母親　雨が降って悪いことはないじゃない？　ざあざあ降りになって何もかも水浸しになればいいいん

だわ。

次男　ばかなことをおっしゃらないで下さい。そうすれば明日のあの結婚式が中止になるとでもいうんですか？

母親　お願いだからわたしをいらいらさせないでおくれ。わたしもその結婚式が中止になるようにしたい。だけど……

次男　お母さん、どんなことをしてでもあの結婚式は止めさせねばなりません。（電話をとりあげてダイヤルを回しながら）ぼくがお父さんに電話をします。お父さんがどうして兄さんに加担するのかわかりませんよ、これは全く家の中をめちゃめちゃにしてしまう出来事ですよ。（話をする。）もしもし、ホテルですね？　支配人に代わって下さい。あ、お父さん？　ぼくだけど。なぜ昨日の晩は家にお帰りにならなかったんですか？　夜勤をする日だったのですか？　他の人たちは夜勤なんかしなくてもちゃんと暮らしているのにお父さんは……わかりました……そういう必要もないでしょ。（涙ぐんだ声で）お父さん……ぼくは悪い息子でした。口では上手《うま》くいえません。しかしぼくがお父さんを愛しているのはご存じでしょう……そうですよ。すべてのことが両側に分けられてることのためです。兄さんの結婚にしてもそうです。なぜぼくが反対しますか？　ぼくも今胸が痛いです。兄さんの結婚は誰よりもさきに祝ってやることです……しかしだめです、お父さん。どうかその結婚を中止させて下さい。それは兄さんを、ぼくを、お父さんとお母さんを不幸にするばかりです。兄さんにも話したいです。ちょっと代わって下さい。……なんですって？（感情を抑えきれず大声を出す。）では昨日の晩はお父さんと一緒にいなかったんですか？　市庁にいたということですか？　その女性と……？　その身を滅ぼす女性と夜をともにしているのですか？　そのすべてがお父さんの責任であることをご存じですか。（受話器をガチャンと置いて）まったくあきれたよ、兄さんは……もうおしまいだ。勝手にすればいい。

（剥製師、ベルを押す。彼は剥製の道具が入ったカバンを持っている。）

剥製師　いらっしゃいますか？

次男　（いらいらして）どなたですか？

剥製師　（戸を開けて入って来る。）お元気でしたか？

次男　朝からうるさいな……あなたは、どなたですか？

剥製師　このあいだ伺った者です。

次男　このあいだ……？

剥製師　（母親に近づいて）一緒に写真を撮りませんでしたか？　覚えていらっしゃるはずですが？

母親　あの観光客たちの、一緒に写した写真を持ってきてくれるといっていた……

剥製師　（カバンを開けて写真を取り出し）ええ、その時お約束したとおり持ってまいりました。

母親　ここに置いて行って下さい。

剥製師　なぜ……ご覧にならないのですか？

母親　ありがたいのですが、今気分がすぐれなくて。

剥製師　この写真をご覧下さい。そうすればすぐれない気分も晴れるでしょう。

次男　あなたはうるさい人だな。（剥製師をドアのほうへ押し出して）置いて行ってくれといってるでしょ。

剥製師　これを見なさい、若い人。これは普通の写真ではないよ。まさに君の望む所を一枚の写真に作ったものですよ。

次男　（けげんな態度で写真を受けとって見ていたがだんだん興味をもって）不思議な写真ですね。どのようにしてこんなものを作られたんですか？

剝製師　複雑でめんどうでしたよ。作る方法は現像する時、あれこれ合成して作りますから。どうです、興味がわいたでしょう？

次男　お母さん、この写真をご覧なさい。

母親　（写真を見て）あの時はたしかにわたしたちの家で写したはずなんだけど……不思議な写真だね。

次男　完全に場所が変わってます。

母親　ここは市庁じゃない？

次男　ぼくは市庁の屋根のてっぺんにのぼっていますね。（剝製師に）ところで、この下の真っ白いウェディング・ドレスを着た女性は誰ですか？

剝製師　あちら側の女性ですよ。

次男　ほんとうですか？

剝製師　顔をよく見てご覧なさい。

次男　なぜぼくが屋根の上で、その女性の手と足にひもを吊るして揺らしているんです？

剝製師　君が思い通りに動かすことができるようにしてあるのさ。（剝製になったトカゲを取り出し吊り下がった紐を調整して）ほらこのようにね。写真の中の君を見たまえ、楽しげに笑っているのを。

次男　素晴らしい光景です。わたしが今切実に願っていることもまさにこのようなことなのですが……残念ながら現実ではないですね。

剝製師　写真を作るのも複雑でめんどうなことだが、その写真のように現実を作るのはもっとむずかしいでしょう。その上その女性は屋根の下の部屋で厳重に保護されていて、その部屋には誰も入れないようにしてあるんだよ。しかし全く方法がないわけではない。結婚式の準備をしに来た新郎の家族ならば入ることができる。君は片方の手に花束を持って、もう一つの手にはこのカバンを持って入っていきたまえ。

次男　このカバンは何ですか？　かなり重たいですが？

剝製師　剝製を作る時に使う道具がぎっしり入っているんだ。

次男　剝製……道具が入っているのですか？

剝製師　だけど結婚の祝物が入っているように偽装するんだ。

次男　その女性の部屋へ入ってからは？

剝製師　（剝製にされたトカゲを指して）その次はこの剝製のように作ればよい。残念ながら現実ではないから、落胆した君がついにはからから声を出して笑うことになるだろう。

母親　（写真をのぞいて見る。）お前のお父さんと兄さんはとても悲しそうな表情だね。

次男　市長さんも失望した顔ですね。

母親　この人たちは誰ですか？　傘を差しておもしろげに見物している人たちは？

剝製師　ああ、観光客たちですよ。彼らは明日その結婚式が終わるとここを離れて行くでしょう。（次男へ）剝製を作る時に注意する点は、その形態を損傷しないようにすることだ。生きている姿そのままに作らねばならない。（トカゲの剝製を次男に渡して）この剝製をあげるから参考にしたまえ。

次男　ありがとうございます。（電話に近づいてダイヤルを回し、暗記しようとするように）剝製を作る時に注意する点は、その形態を損傷しないようにすること、生きている姿そのままに作ること……（話す。）市庁ですね？　明日結婚する新郎に代わって下さい。家からです。わたしは弟です。弟が是非話したいと伝えて下さい。（とても嬉しげに）あ、兄さんですか？　ぼくです。兄さん、結婚おめでとうございます。ぼくが反対したこと謝ります。お母さんとこの間《かん》よく話しあいました。やはり兄さんが正しいでしょう。……そうでしょう。お互いにいつまでも分かれたまま憎みあうことを願う人がどこにいるでしょうか？　事実みんな、一刻も早く、お互いに愛するような世の中を願っているでしょう、むろんぼくもそのような希望を持っています。ただ可能性がなくていいだすことができなかったのです。しかし兄さん、兄さんが先にそうなさったのでぼくは嬉しいです。たぶんたくさんの人びとに大きな励ましになったことでしょう。お母さんも兄さんを祝福するそうです。待って、いまお母さんと代わります。

母親　（受話器をとる。）ああ、おまえかい、おめでとう。今までわたしが悪かったよ。おまえの好きになった女性と会ってみたいよ。それで結婚の準備はどうなっているの？　おお、そんな……もう心配しないで。今すぐおまえの弟と一緒に市庁へ行って手伝ってあげるからね。（受話器を置く。）行こう。わたしたちが早く行ったほうがいいようだよ。

（舞台前。団体観光客たちがホテルの中でうるさく騒いでいる。）

父親　何をそんなに騒いでるのですか？

観光案内員　いま、みんなで論争になっているんですよ。こちら側の男性とあちら側の女性の結婚について意見が分かれているのです。

若い観光客　（父親の写真を撮りながら）素敵な支配人じゃないか！　素敵な支配人だよ！

別の観光客　ちぇっ、今やホテルの支配人まで素敵だというのかい。

ある観光客　もし、支配人さん。お宅の息子さんと、あちら側の女性は予定通り明日結婚するようになりますか？

老観光客　その結婚式はだめでしょう。みんなの反応がよくありませんから。

別の観光客　できるでしょう、市長さんが積極的にすすめているではないですか？

また別の観光客　その結婚式は絶対に行なわれないよ。

ある観光客　できますから見ててご覧なさい。

老観光客　だめだといっているのに言い張るんかね。

女性観光客　わたしが思うには、結婚できるでしょう。

老観光客　賭けをしましょうか？　わたしは投資して残った金全部、だめになるほうへ賭けます。

女性観光客　わたしはですね、行なわれるほうへ賭けます。

(観光客たち一層うるさく騒ぎたてる。)

父親　一体、それは賭けをするほどの問題ですか？

観光案内員　観光客のみなさん、今日はカジノをご案内いたしますから、そこで賭け事は楽しんで下さい。

観光客たち　わたしたちはこの賭けごとをしながら楽しんでいます。

観光案内員　では、ほかの場所を見物に出かけましょう。(旗を高く掲げて)どうぞ、この旗についてきて下さい。この旗を見失ったら今日は何も見物できなくなりますよ。

観光客たち　(動かないで)今日はホテルにいましょう。

観光案内員　ホテルにいるだけ……でいいんですか？

観光客たち　もう見るべきほどのものはその結婚式だけですから。

■第10場

市庁、雨が激しく降り注いでいる。傘を差した観光客たちが市庁の前に到着する。剝製師、市庁の門の前に立っている市長に近づく。

剝製師　市長さん、ひどい天気ですね。

市長　（空を見上げて、残念そうな表情で）全くですな。

剝製師　どうしますか？　結婚式は予定どおり進行できますか？

市長　むろんですよ。

剝製師　お祝いのお客さんたちは一人も見えませんが？

市長　（観光客たちを指して）あんなにたくさん来ているではないですか？

剝製師　あの人たちは見物人でしょう。

市長　心配しないで下さい。うわべは知らんふりをしていますが、みんなこの結婚式には神経をとがらせていますから。

剝製師　そうでしょう。いま新郎新婦は準備の最中ですね。

市長　家族たちがみんな来て手伝っていますよ。

剝製師　それならばうまくいくことを祈ります。

市長　あなたは、まるで皮肉っぽい口振りをするんですね。

剝製師　わたしが皮肉をいうというんですか？　二人の男女の真正な愛のみが分けられた両方を結合させることができるといったのはだれですか？

市長　ほかならないあなたでしょう。

剝製師　ええ、ほかならないわたしでした。

市長　しかしあなたは口ばかりで、この結婚のために何も手助けしてくれないではないですか？

剝製師　市長さん、わたしは行くさきざき至るところで人びとにその結合に関心をもつように、一生懸命でした。そして初めて市長さんに会った時に申し上げましたように、今回の仕事は公平に機会をわけもつことになりませんか？　なぜそんなに失望した表情をなさるのですか？

市長　わたしは失望はしません。ただ人びとが今回のことに対して、必要以上に自分をいつわっていることが理解できないだけです。

剝製師　彼らは分けられていることに慣れているためでしょう。

市長　わたしはあちら側の女性を保護しながら、胸の痛む話をたくさん聞きました。このように両側に分かれて暮らすことはどちらにとっても愚かなことです。

剝製師　ほんとうに両側ともに愚かです。

市長　相変わらずあてこする口振りですな。

剝製師　なぜそんなにわたしがあてこすりしているというんですか？　むしろわたしが見るところではは市長さんがわたしをばかにしているようです。
市長　わたしが……むしろ？
剝製師　わたしを軽蔑しないで、むしろ反吐《へど》を吐いて下さいな。雨が土砂降りなので下水道があふれて、下水道があふれるから沼に淀んで腐った水が逆流して都市全体に広がっています。（街を指して）この都市は大きな一つの沼です。あらゆる汚い汚物とともに骨と臓物が散らばっている沼ですよ。
市長　（嘔吐をもよおして）うっ！　ううっ！　その汚い沼という言葉を聞いたら吐き気がしてきたな。
（父親、母親が登場する）
父親　おまえが助けに来てくれるなんて……ありがとうよ。
母親　何をいうんですか……息子の結婚式だもの来なくちゃね。
父親　市長さん、新郎は準備が終わりました。
母親　新婦も準備が終わりました。
市長　うっ！　ううっ！（吐き気を抑えようと必死になりながら）結婚式をしましょう。（市庁のホールへ入って媒酌人の席に立って）この結婚式は両方に分けられたわが都市の結合を象徴する意味深い儀式です。うっ！　ううっ！　まず、新郎入場しなさい。
長男　（市庁の渡り廊下を歩いて来て新郎の位置に立つ。）
観光客たち　（門の中をのぞいて見て歓声をあげる。）
若い観光客　（写真を撮りながら）素敵な新郎だ！　素敵な新郎だな！
市長　新婦は入場しなさい。

あちら側の女性　（豪華な新婦の衣裳を着て渡り廊下を歩いて出てくる。）

観光客たち　（一層大きな歓声をあげる。）

若い観光客　（写真を撮りながら）素敵な新婦じゃないか！　素敵な新婦だな！

市長　媒酌人として尋ねます。新郎は新婦を妻として迎え、分かれた両側が一緒になる時まで愛することを誓いますか？

長男　はい、誓います。

市長　新婦は新郎を夫として迎え、分かれた両側が一緒になる時まで愛することを誓いますか？

あちら側の女性　いいえ、憎悪します。

市長　うん！　ううん！　何……何だって？

あちら側の女性　憎悪します！　憎悪します！（雨が降っている市庁の外へ飛びだして紐に吊るされた操り人形のように駆け回りながら）憎悪します！　憎悪します！　憎悪します！

若い観光客　（写真を撮りながら）素敵な結婚式だ！　とても素敵な結婚式じゃないか！

（舞台前面。列車の汽笛。傘を差した団体観光客たちがホームに到着する。）

観光案内員　観光客のみなさん、列車に乗る前に最終的な点検をします。落伍した方はいらっしゃいませんか？

女性観光客　いない人がどうして返事するの？

観光案内員　もしか誰か見えない人がいないか探して下さい。

ある観光客　関節炎にかかっている老人が見えないようだが？

老観光客　わしは、ここだよ。

観光案内員　では一人も漏れた人はいないのですか？

観光客たち　いません。

観光案内員　みなさん、いかがでしたか？　今までのわが都市での観光に満足されたでしょう？

観光客たち　とても満足しました。

観光案内員　特に何がおもしろかったですか？

観光客たち　すべてのものがみなおもしろかったです。

観光案内員　ありがとうございます、すべてのものをおもしろくご覧いただき。これでみなさんの観光日程は終わりました。では列車にお乗り下さい。

観光客たち　（傘をたたんで一人ずつ列車に乗り込んで）どうもご苦労さまでした。お元気で。

（汽笛が鳴る。列車が去ったあとのホームには観光案内員と剝製師が残る。）

観光案内員　（たばこを取り出し口にくわえて）これでやっと息つく暇ができましたよ。

剝製師　（マッチを取り出し、たばこに火をつけてやる。）どうぞ。

観光案内員　あのように観光客たちを列車にいっぱい乗せて送ると、また次の観光客たちが列車にいっぱい乗ってやって来ます。もうすぐ着く列車に、また団体観光客たちが乗っている予定なんですよ。

剝製師　ではその列車で新しい市長さんが来られるかもしれませんね。

観光案内員　また市長さんが新しく来られるのですか？

剝製師　今の市長さんはあまりにも鋭敏な体質で、ちょっとショックで回復できないようです。

（三人の有志たちが登場する。彼らは並んでホームに立って丁重な態度をとる。）

観光案内員　あなたの言葉が当たったようです。あの方たちがホームに出て来られたということは、まもなく次の市長さんが到着するのでしょう。（急にびっくり驚いた表情で剝製師を眺め）ああ、ところでなぜあなたは行かなかったのですか？

剝製師　わたしの職業がここに合っているようだからです。有能な助手も一人できたからすぐに開業できるでしょう。

観光案内員　その職業は何ですか？

剝製師　内臓と骨を取り出し、わらくずを代わりにつめておく仕事ですよ。（遠くから汽笛が聞こえてくる。）列車が来たようですね。沼が淀んで腐ったような、まったく変化というもののない所に、ただ見物人が来ては去り、去っては来るのだ。

（汽笛の音、だんだん近づいてきて幕が下りる。）

――幕――

プゴテガリ（干し鱈の頭）

登場人物

ジャアン――倉庫番
キイム――倉庫番
トラック運転手――博打《ばくち》うち
ミスダーリン――トラック運転手の娘

舞台／倉庫

この演劇の舞台は倉庫である。長方形の単純な形の出入口が一つあるだけで窓は見あたらない。屋根のどこかに換気筒があるのか、一日のうちのごく短い間ひとすじの日の光が指すときがある。しかし倉庫の内部は完全に暗い。その暗やみを明るくするものは倉庫の天井高くぶらさがっている白熱電灯である。

倉庫の中には二人の男たちが住んでいる。彼らは倉庫番である。二人ともやもめで四十代の年ごろに見える。彼らは倉庫の隅に生活用具等——石油コンロ、鍋、お椀、食卓、ベッド等——を取り揃えておいている。彼らには倉庫の中で箱を保管する仕事と日常生活が分離されていない。すなわち職業と生活が一体なのである。

共同で使用する生活用具はたとえ安物であっても綺麗に手入れされている。例えば、ぴかぴかと艶がでるように磨かれている鍋と真鍮のしゃもじがそうである。しかし個人の持ち物などはちょっと見ただけでも相当な違いがわかる。ジャアンのベッドは綺麗に整頓されているが、キイムのベッドは汚らしく散らかっている。ジャアンのベッドの下にはいろいろなものを整理して入れてある箱がある。しかしキイムのベッドの周辺には乱雑に脱ぎすてられた服や、安物のピンク雑誌、その他の所持品が散らばっている。それらから見て共同で使用する道具類は、ジャアンが一手に引き受けて清潔に手入れをしていることが推測できる。

明け方六時半になれば、ただの一日も休むことなく貨物運搬用の大型トラックが箱を積んで来る。そのトラックは倉庫に新しく保管する箱を下ろして、保管してあった箱の中から出庫する箱を積んで去って行く。倉庫番たちは、トラック運転手が箱と一緒に持って来た書類を受け取って、その書類に書かれた通りに作業をする。

昔は倉庫番たちは箱の中に何が入っているかわかっていた。昔はジャガ芋とトマトのような農産物、干した魚やわかめのような水産物が箱の中に詰められていた。そのような品物は完成されたものである。しかしこの頃は倉庫の中に保管する品物のほとんど大部分が付属品である。その付属品が一つに集まってどんな全体を作るのかは想像することはできるが、その完成されたものが何であるのかはっきりとはわからない。その上その付属品は箱の中に頑丈に包装されているために、むりやり包装を破って見るまでは、どのようになっているのか知ることもできない。もちろん箱を開けてその中に入っているものを取り出して見たとしても、それが何であるか、知ることができないことには変わりない。

■第1場

（夕暮れ時。二人の倉庫番、ジャアンとキイムは倉庫の入口の外に積んである箱を倉庫の中に運び入れ積む作業をしている。トラックがその箱を外に下ろして去ってから長い時間が経っているが、倉庫番たちの作業は継続中である。彼らの作業はスーパーマーケットや、倉庫などでよく使われる貨物運搬用の台車に何個かずつ箱を載せて来て、保管する場所に正確に積む仕事である。箱の側面にはアラビア数字の分類表示が書かれている。ある箱には3―1014番から3―

1082番までの一連の番号が書かれていて、ある箱には4―9124から4―9300番までの一連の番号が書かれていて、ある箱には5―7708から5―8010までの一連の番号が書かれている。また倉庫の中いっぱいにある箱もおのおの固有の番号が表示されていることはもちろんだ。
　ジャアンはトラック運転手からもらった書類と箱を照合しながら、それぞれ違う一連の番号の箱が混ざらないように細心の注意を傾けている。彼は倉庫の中での箱を積む位置があっているか何回も慎重に検討して、その位置に箱が正確に積まれていることを確認してはまた確認している。ジャアンのそんな凡帳面な作業態度がキイムには苛立たしく感じられる。箱を運んで来て積む作業時間が長引くほどに、キイムの苛立ちは酷くなってきて、箱を取り扱う彼の態度はだんだん粗っぽくなる。）

ジャアン　注意しろ！　いいかげんに積むなよ！

キイム　わかったよ。

ジャアン　その場所でいいのか！　まちがったらだめだぞ。

キイム　わかってるってば！

ジャアン　何だよそのいい方は？

キイム　俺のいい方がどうかしたか？

ジャアン　ひどくいらついてるな。

キイム　（台車の箱を乱暴に下ろす。）明け方六時半にトラックが来るじゃないか。いっときぐっすり眠っている時間だよ。箱を積んで来てブーブーとクラクションを鳴らしたてやがって。ちくしょう、ところでいま何時だ？　明け方のうたた寝から覚めて今まで俺たちは休みなく働きどおしなんだぜ！

ジャアン　（書類と箱をつき合わせて）仕事をする時は全神経を集中するんだ。そうすれば不平なんかおきないものだ。

キイム　俺はおまえみたいにのろくさく仕事するのは嫌だ。さっさと運んでただ積んでしまえば簡単にすむものを、おまえは箱一つ運んでは書類を一度見て、箱二つ運んでは書類を二回見て……。俺はうんざり、うんざりしたよ！

ジャアン　この書類をちょっと見な。３の１０１４番から３の１０８２番までの箱は、４の９１２４番から４の９３００番の箱とは絶対に混ぜないように積めというんだ。その上今日の作業は複雑だ。５の７７０８番から５の８０１０番の箱は、すでに保管してある２の５６３１番から２の６９０７番の箱と、６の２１２２番から７の８０４４番の箱の間に積めというんだ。

キイム　まったく腹が立つな！

ジャアン　この書類を見ろってば。

キイム　いやだよ！

（キイム、台車を押して倉庫の外に箱を取りに行く。ジャアンはその間、まちがって積んだ箱を積みなおす。キイムが一層苛立った様子で箱を積んで戻って来る。）

ジャアン　落ち着けよ。いらいらしないで。書類と箱を一つ一つ確認しながらその場所に積むのが時間の節約だ。いらいらするからっていい加減に積んだら、また積みなおすのに時間が何倍もかかるんだから。

キイム　（台車から箱をいい加減に下ろしながら）また積みなおすことはないぜ！　倉庫の中に置いてまた倉庫の外に持って行くことにするってのはどうだい！
ジャアン　その言い方は倉庫番らしくないな。
キイム　俺が倉庫番らしくないって、それどういう意味だよ？
ジャアン　考えてもみな。おまえと俺はこの倉庫で何年過ごしてきたと思う？
キイム　俺は気が遠くなって考えるのもいやだ。
ジャアン　そう、そうだろ！　おまえが気が遠くなるくらい、そんなに俺たちは長い間倉庫番をして来たんだ。そんな俺たちがいい加減に箱をとり扱っちゃいけないじゃないか。
キイム　頼むから、ちまちましたこといわないでくれ！　よその倉庫ではどんなにしてると思うんだ！　トラックが来て箱を下ろすやいなや、瞬く間にかたづけちまうんだぜ。あとは一日中ぶらぶらしているんだ。
ジャアン　俺も知ってるよ。彼らはいいかげんに働いているんだ。
キイム　それでも何ごともないじゃないか？
ジャアン　それはまじめでないやり方だ。
キイム　俺たちもそうしようよ、なあ！
ジャアン　俺はできない。
キイム　なぜできない。いいやり方だと思うけど？
ジャアン　彼らのやりかたはまちがってる。倉庫の中で人生を送る者たちが、箱をいいかげんに扱うということは自分に対する冒瀆行為だ。

キイム　人生がどうのこうのと偉そうなことをいうが、おまえはばかであほな奴だよ。すぐ近所の倉庫に新しく入って来た新前がいるだろ。そいつなんかもすぐに要領よくやっているのに、おまえは長く働いているのにどうしてそんなにくそ真面目なんだかわからないよ！

ジャアン　（キイムが積んだ箱からまちがったものを発見する。）3の1025番の箱がどうしてここにあるんだ？

キイム　ふん、おまえが持ってきて置いたんだろ。

ジャアン　ここに置いちゃだめだよ。この箱はほかの箱と混ぜてはいけないとあるんだ。

キイム　わざとそうしたんだよ。（箱を移そうとするジャアンを止めて）そのままにしておけよ。頼むから。箱をまちがって積んだらどうなるか見てみようよ。いっておくけど何もおこらないよ。何もおこらないのがわかればおまえものろまなまねは止めるだろうし、ほかの倉庫番のようにさっさと箱を片づけるだろう。

ジャアン　それはまるで悪夢のようだな！　俺は昨日の晩、恐い夢を見たんだが、悪魔が出てきたんだよ。俺は悪魔というものは恐ろしい顔をしているものだとばかり思っていたがそうじゃない。とてもすんなりしたハンサムで、おまえのようないい男だった。

キイム　俺のような？

ジャアン　そうなんだ。背がちょっと小さかったが、いずれにしろとてもハンサムな悪魔だった。その悪魔がな、夢の中で、3の1025番の箱を必ずこの位置に持って来て積めというんだ。そうしては俺を試すんだ。なんにもおこらないから心配することはないと甘い言葉で俺を誘惑するんだよ。ところで俺が体が震えるほど本当に恐かったのは何だかわかるかい？　何もおこらないということだ。今まで、ただの一度もまちがいなくやって来たことが全く意味がないというならば……。（3―1025番の箱を移して正しい位置に積む。）そして俺は力いっぱい叫んだんだ。悪魔よ、試すんじゃない！　俺を試すな！

キイム　（いぶかしげな表情で）本当にそんな夢を見たのかい？

ジャアン　そう、まだはっきり覚えている。夢の中でも、悪魔が試した箱を正しい場所に持って行ったら安心したよ。

キイム　悪魔が本当に俺のようにハンサムだったって？　頭に角が生えていたり尻にしっぽがぶらさがっていなかったかい？

ジャアン　そうだな……しっぽまでは確認しなかったが……。

キイム　実は……昨日の夜会った女がな、俺に悪魔だといったんだ。

ジャアン　初めて会った女がそういったのかい？

キイム　初めて会った女じゃないんだ。おまえには話してなかったが……この頃毎晩会っている女がいる。だが昨日の晩はちょっと特別だった。俺が酒をおごったんだ。ビールを飲んだんだが、その女は酒が強いんだよ。何にもしゃべらないで怒った表情でごくごく飲んでいたと思ったら、いきなり俺に悪魔みたいな奴だとどなりつけるのさ。飲み屋の奴らがみんな俺をじろじろ見るもんだから、俺は穴があったら入りたい気分だったよ。ああ、ちくしょうめ！　高い酒をおごって気分をこわしてそんなことまでいわれなきゃならないなんて……。ところが何だい、おまえまでも夢の中で悪魔みたいな俺を見たというじゃないか、全く生きた心地がしないよ。

ジャアン　彼女が酒を飲んでいる時おまえは何をしていたんだ？

キイム　何をしていたかって……？

ジャアン　隣でただじっとしていたわけじゃないだろ？

キイム　そうだな、俺は何をしてたっけ……。（自分の両手を代わるがわる眺めて）ああ、そうだ、この手は杯を持ってた……そしてこの手は彼女の肩の上にのせてた。

ジャアン　それだけかい、ただ？

キイム　思い出せないんだが、それ以外は。

ジャアン　よく考えてごらん。何かまだあるだろう？

キイム　俺には右手、左手が二つあるだけで、手がもう一つあるわけないじゃないか……。

ジャアン　おまえはその女を怒らす何かをしたんだ。肩に置いていた手のことをよく考えてみなよ。その手をそっと下におろして、彼女の内腿《もも》をさわったりとかしたんだろう。

キイム　そうだ、それだったんだ！　だけど、一緒に酒を飲みながら腿をちょっとさわったぐらいで怒ることはないじゃないか？

ジャアン　（まちがった箱を見つけて積みなおしながら）人間というものはまごころが通じない時は怒るものなんだ。

キイム　まごころって何だ？

ジャアン　まごころが何かも知らないのか？

キイム　知らないから聞くんじゃないか！

ジャアン　まごころとは試したりしないことだ。例えば、倉庫の中で箱を積むようなことだ。俺たちがこの箱をいいかげんに積んでも何もおこらないと思うのは、まごころとは違うことだ。おまえはただいたずらに彼女の腿をさわって愛があるかを試してみたから、彼女は怒って大声を出したんだよ。

キイム　そんなに何でもよく知っていながら、なぜおまえには彼女がいないんだい？

ジャアン　その代わり俺にはおまえがいるじゃないか。

キイム　俺を愛してるっていうのかい？

ジャアン　そうだ。

キイム　まったくやめてくれよ！　俺がおまえの腿をさわるなんて光景を想像してみな！

ジャアン　俺はそんな想像はしない。

キイム　なぜしない？

ジャアン　俺は心からおまえを愛しているからさ。（キイムが積んだ箱と書類を照合する。）これはめちゃめちゃだな！　この箱はもう一度積みなおさなきゃならないよ！

キイム　積みなおしたければおまえがやれよ！

ジャアン　いらいらするなよ。すこし休んで夕めしを食べてからもう一度積みなおそう。

キイム　俺にはそんな時間はないよ！

ジャアン　時間がないとは……めしを食べてからすぐ寝るわけでもないだろう？

キイム　俺は約束があるんだ。昨日俺に怒った女、その女と今日の夕方にまた会うことになっているんだ。すまないけど今夜はおまえ一人で食べてくれ。それから箱を片づけたければおまえ一人で気のすむまでやってくれ！

（キイム、台車を押しのける。そして倉庫の隅にある自分のベッドへ行って外出着に着替える。ジャアン、作業の手を休めキイムを見つめる。）

ジャアン　おまえのために忠告するけどな、そんな不真面目な態度では女を怒らすばかりだよ。
キイム　白けることいわないでくれ！
ジャアン　おまえは女に会うたびに失敗してきたじゃないか。
キイム　（手につかんだ服をくるくるまるめてジャアンに投げつけようとして）黙れ！
ジャアン　この箱をもとの位置に正確に積んでから行くんだ。そうすればどんな女でもおまえを好きになるよ。
キイム　（ジャアンをめがけて服を投げつける。）うるさい！
ジャアン　（投げつけられた服をつかみとって見つめる。）これはおまえの一張羅のよそ行きのズボンじゃないか？　しわくちゃじゃないか！
キイム　こっちへよこせ。
ジャアン　しわくちゃなまま着て行くつもりかい？
キイム　さあよこせ！
ジャアン　俺のズボンを貸してやろうか？
キイム　おまえの……？　おまえの長いズボンをずるずる引きずって行けというのかい？
ジャアン　ちょっと待て、じゃあ俺がアイロンをかけてやる。
（ジャアン、自分のベッドへ行って下に置いてある箱を取り出す。服をきちんと整頓していれた箱もあり、いろいろながらくたを入れた箱、電気アイロンを入れた箱もある。彼は電気アイロンを取り出す。そして食卓のうえに毛布をきちんと広げて、キイムのしわになったズボンにアイロンをかけてやる。）

ジャアン　おまえがうまく行くように祈るよ。本当だよ。さっきもいったが俺はおまえを本当に愛しているんだから。
キイム　うるさいよ！　そんなことを聞いたら運が落ちて何もかもだめになるよ！
ジャアン　人間というものはひとつを見れば十わかるもんだ。おまえのズボンは汚い。いいかげんに箱を扱うように、服を粗末に着るからだよ。いつも洗濯をして、手入れをしておけばいいんだ。ところで、今晩また会う女とはどうやって知り合ったんだい？
キイム　そんなことおまえが知る必要ないよ。
ジャアン　年はいくつだい？
キイム　知ることないってば。
ジャアン　名前は？　名前ぐらいは教えてくれてもいいだろう？
キイム　ダーリンだ。
ジャアン　ダーリン……？
キイム　うん。みんなが彼女をマイダーリンと呼んでるんだ。
ジャアン　それは本名じゃなくてあだ名みたいだな？
キイム　だから知る必要ないといったじゃないか！
ジャアン　心配だからだよ。やはりどうして知り合ったか、よく見もしないで、ただ女だからってつけまわすんじゃないぞ。
キイム　おまえこの頃小言がばかに多くなったな！
ジャアン　俺もそれを感じるよ。多分年のせいだろう。

キイム　年のせいだって？　とんでもない！　俺はおまえと年がおなじぐらいだけど、小言なんかいわないじゃないか。

ジャアン　いずれにしても年をとれば小言が多くなる。

キイム　俺たちが年とったというのかい？

ジャアン　若いとはいえないだろ。認めることは認めようよ。おまえと俺はもう若くはない。女の尻を追いかけるのは若い子のすることだよ。今やじっくり自分自身のことを考えなければ。

キイム　俺だって考えているよ。俺はわけもなく女を追いかけてるんじゃないよ。くそったれ、この倉庫の中を見ろよ！　箱を運んで保管する仕事なんか飽き飽きしちまった、食べて寝る生活もこの倉庫の中じゃないか！　俺は年をとる前に結婚してこの倉庫の中から抜け出したいんだ！

ジャアン　仕事をすることと生きることとは同じことだよ。それがくい違えば人間は不幸になる。

キイム　まったく古くさいことをいうなあ！

ジャアン　それにな、この倉庫を出て行けばまた何かがあると思うかい？　あの空の太陽と月、星たちが光っている広大な宇宙は広大な倉庫だよ。世の中はその広大な倉庫の中にはいっている小さな倉庫で、俺たちのこの倉庫は、その小さな倉庫の中にはいっている数多い倉庫の中の一つのとても小さな倉庫なんだ。つまりは倉庫を抜け出してもまたおなじ倉庫にすぎないんだから、だれだろうと完全に倉庫の外へ抜け出ることは不可能なんだ。もし俺たちがこの倉庫の中で幸せでなければ、ほかの倉庫に行ってみたところで幸せになることはできない。だからまさにこの倉庫、この倉庫の中で熱心に働いて誠実に生きることが大事なことなんだよ。（アイロンをかけ終わったズボンをキイムに渡す。）ズボンをはきな。今日はいて行って帰ってきたら脱げよ。俺がきれいに洗ってやるから。

（キイム、すっかりしかめっ面をしてズボンを受け取ってはく。ジャアンはベッドの下の箱からきれいなハンカチを取り出してアイロンをかけてきれいにたたむ。）

ジャアン　きれいなハンカチないだろう？　これを持って行けよ。

キイム　（ハンカチをポケットにつっこむ。）

ジャアン　金はあるかい？

キイム　心配するな、あるから。

ジャアン　（自分の箱からお金をとりだしてキイムに渡す。）うまくやるんだぜ。人が混んでいる飲み屋になんか行かないで、今日はどこか静かなレストランにでも行くんだな。そして絶対に彼女の腿にさわったりしてはいけない。きちんと両手はテーブルの上にのせておいて、ただ目で彼女の目を見つめるんだ。話す時はひとことずつ、ちょうど箱を正確に積むように、まごころをこめておまえの本当の気持ちを話せ。あ、それからもう一つ注意することがある。おまえは食事する時、食物のくっついた口を手でこすって拭くだろう。かならずハンカチを出して拭くんだぞ。そんなしぐさの一つ一つが、女にはとても大事なことに見えるんだ。

キイム　俺はおまえの心がわかるようでさっぱりわからないよ。

ジャアン　何が……？

キイム　俺が彼女に会いに行くのを嫌がっているくせによ、行く時はいちいち世話をやいてくれるじゃないか？　今もそうだ。継母《ままはは》みたいにやかましく小言をいうかと思うと、ズボンのアイロンをかけてくれて、金までくれてうまくやれだなんて……。一体おまえの本当の気持ちは何なんだい？

（ジャアン、キイムがいいかげんに積んだ箱の方へ歩いて行く。そして書類と照合しながら一連の番号通りに箱を積みなおす。）

ジャアン　がっかりしないで帰ってこいよ、今日は。

キイム　それが答えかい？

ジャアン　そうさ、おまえががっかりしている姿を見ると俺の胸も痛むよ。

（キイム、また小言をいわれたように肩をすくめたが、倉庫の出口の方へ歩いて行く。しかし、ちょっと立ち止まってジャアンのほうへふりむく。）

キイム　今夜は一人でこれをみな積むつもりかい？

ジャアン　早く行け。遅れないように。

キイム　ご苦労さん、じゃあ俺は行ってくるからな。

（キイム、口笛を吹きながら倉庫の外へ出て行く。ジャアンは箱の積み下ろしを続ける。照明が徐々に暗くなる。）

■第2場

（深夜、天井の電灯はみな消されて倉庫の中は暗い。ただジャアンのベッドのそばの電気スタンドだけが明るい。ジャアンは帰って来ないキイムを待っている。彼はベッドに腰掛けてベッドの下からとりだした本を読んでいる。しかし読書に没頭することができず、ときおりあたりを見まわし、倉庫の戸口の方を見つめる。ジャアン、とうとう自分の本を読むのをやめて履物を脱いでベッドの上に上がる。眠ることはできないで、上半身をベッドのヘッドにもたせかけたまま、キイムが帰って来るのを待っている。間。倉庫の門を叩く音が聞こえる。ジャアンは喜んで門の方に向かって叫ぶ。）

ジャアン 入れよ！　開いてるぞ！
（門を叩く音、続く。）

ジャアン 鍵はかけてないからそのまま入れよ！
（門を開ける音がする。暗やみの中でミスダーリンがひどく酒に酔って人事不省になったキイムを必死に脇に抱え、ふらつきながら入って来る。）

ダーリン ちょっと助けてちょうだいよ！　重たくて大変よ！
（ジャアン、驚いた様子で急いでベッドから下りて履物を履く。倉庫の中に入って来たキイムは座り込んでしまう。ミスダーリンは彼を抱えて立たせようと必死である。ジャアンがキイムをベッドへつれて行き寝かせる。上着を脱がせ履物を脱がせてから毛布をキイムにかけてやる。）

ダーリン なんていう人なのこの人は？

ジャアン え……？

ダーリン （ベッドのキイムを指して）この人のことよ、酒を何本か飲んでべろんべろんよ！（ジャアンに手を差しだして握手を求める。）あたし、ミスダーリンよ。ミ、ス、ダー、リン！

ジャアン （及び腰で手を握り握手して）あ、そうですか……お噂は伺っていました。

ダーリン ミスダーリンってどんな意味かご存じ？　愛らしい女性。そんな意味よ！　すまないけど、冷たいお水一杯くださいません？

ジャアン　（生活道具のある所からガラスのコップに水をくんで持って来る。）どうぞ。

ダーリン　（水を飲みながら）水だかお酒だかわからないわ……あたしもすっかり酔っちゃった。

ジャアン　今日は飲み屋でなくレストランに行けといったんですけど？

ダーリン　そんなの思うどおりにならないわよ。飲んで、飲んで、また飲んで……。（ベッドに横になっているキイムを指して）あの男はですよ、倉庫の中で暮らすのは嫌気がさしたんですって。一日中箱なんか持ち込んでは送りだすのにはうんざりだといいながら、酒を飲んであんまり騒ぎたてるんで、あたし耳が痛いくらいよ。でもあなたはそうじゃないんですってね？　いつも誠実で正確に、ただ一つの箱もまちがわないんですってね。だから好奇心がわいたの。（再びジャアンに手を差しだして）あたし、ミスダーリンよ。ミ、ス、ダー、リン！

ジャアン　ぼくたちあいさつはさっきしましたよ。

ダーリン　あ、そうだったわね！　あたしも酔ってるようだわね！

ジャアン　この夜更けに……お送りしましょうか？

ダーリン　あたしの家どこだかご存じ？

ジャアン　いいえ。でも教えてくだされば……。

ダーリン　心配しないで。少しすれば酔いが覚めるでしょう。

ジャアン　（食卓の椅子をひいてきてダーリンにすすめて）ではちょっとおかけください。

ダーリン　ありがとう。（椅子に座って倉庫の中を見回す。）真っ暗ね。この世の中の全部の倉庫はこんなに暗いのね。

ジャアン　電灯をつけましょうか？　電灯をつければ明るくなります。

ダーリン　（首を振る。）あたし知ってるわ。昼でも倉庫の中が暗いことを。（空のコップをジャアンに差しだして）お水もう一杯くださいません？

（ジャアン、ダーリンの近くに行く。しかしダーリンの乱れた服のため目をそらしてコップを受け取ろうとする。ダーリンはそれがおもしろいというように、わざと服をひらいてコップを振りながら誘惑的な態度をとる。）

ダーリン　あたしをまっすぐ見なくちゃ。でないとコップを受け取れないじゃないの？

ジャアン　（ダーリンを見つめて空のコップをつかむ。）

ダーリン　お酒はありませんの？

ジャアン　ありません。

ダーリン　よその倉庫にはあったのに？

ジャアン　（厳格な表情で）この倉庫にはありません。

ダーリン　あなたはものすごく親切で、気がきいてて、厳格で、また小言が多いんですってね？

ジャアン　ぼくの友だちがそんなことをいったんですか？

ダーリン　あなたは継母《ままはは》ですって。女と会う時はきちんとした態度で接しろ、絶対に女のうち腿をさわったりしてはいけない、それはまごころにはずれたことだ、まごころもなく愛があるかを試してはいけない、そうすると女は腹をたてて大声をだすようになる……。さあ、試してちょうだい。愛を感じられるかどうか、あたしの足をさわって試してみてよ！

ジャアン　あの……もう少し水をお持ちしましょう。（生活道具のある所に行って）それともお茶をわかしましょうか?

ダーリン　この近所の倉庫番たちはみんな試してみたのよ!　あなた一人だけがしようとしないのね!

ジャアン　ぼくはそんなことはできません。

ダーリン　あたしも悪ふざけでやってみてというんじゃないのよ。(乱れた服を急いでなおして)あたしたち、いたずらでなく本気でしてみるのよ。よその倉庫番たちはみんな試したのよ。あの人たちはあたしに何にも感じることができなかったの。あたしも同じよ。でもあの人たちといったら、すごく感じたみたいに大騒ぎよ。みんな嘘なのよ。誰一人あたしにまじめにつきあってくれた人はいないわ。みんな倉庫の中で箱をいいかげんに積み下ろしするように、あたしをいいかげんに扱うだけよ。(生活道具のある所に立ち止まっているジャアンに)こっちへ近くにきて!　お願いだから逃げないで近くに来て、あたしを試してちょうだい!(立ち止まったまま来ないジャアンに向かって、泣き声まじりにいう。)どうして、あなたは、あたしを、試してみようとも、しないの?

(ジャアン、沈黙。舞台の照明が暗くなる。)

■第3場

(明け方。箱を積んだ大型トラックが重々しい音をたてて倉庫の門の前に到着する。続いてトラックのクラクションがうるさく鳴る。倉庫の中のジャアンはその音を合図に待っていたようにベッドから起きて電灯をつける。そしてキイムのベッドに行って眠っている彼を揺り起こす。）

ジャアン　起きろ！　起きろ！　トラックが来たぞ！

キイム　（面倒臭そうに寝返りをうつ。）

ジャアン　トラックが来たんだぞ！

キイム　（体をちぢめて）もう少し寝かしてくれ！

ジャアン　箱を下ろさなきゃ。いいかげんに起きろよ！

キイム　（毛布をひっぱりあげて顔を覆う。）ほっといてくれ！

ジャアン　どこか悪いのかい？

キイム　昨日の夜の酒がぬけないいんだよ！

ジャアン　そうか、そうか……具合が悪いのでなければいいんだ。

（トラックのクラクションが催促するように繰り返し聞こえる。ジャアンが倉庫の門を開けるため急いで走って行く。しばらくしてトラックの運転手とジャアンが倉庫の中に入って来る。）

運転手　おまえさん、あだ名がのろまっていうんだって？

ジャアン　誰がそんなことを？

運転手　この近所の倉庫番たちがみんなそういってるんだって。おまえさんはひどくぐずでのろまだって。（持っている書類をジャアンに渡す。）今日は保管する箱が七十五個、持って行く箱が三十二個だ。

ジャアン　今日は入る箱が多くて、出て行く箱が少ないですね。

運転手　それは俺の知ったことじゃない！（ベッドに寝ているキイムを指して）あの相棒はなぜ起きないんだ？

ジャアン　すぐ起きるでしょう。

運転手　舅《しゅうと》が来たというのに寝ているなんて、礼儀知らずだな！

ジャアン　舅って……？

運転手　俺があの友達の舅になるんだとさ。あきれたかい？　俺も知らなかったんだが、飲み屋の奴らが俺に耳打ちしてくれたんだ。ひょっとするとあの友だちと俺の娘が結婚するだろうってさ。むろんまだ信じちゃいない。俺の娘はみんなが知っての通りの尻軽女だ。あの男、この男、つきあってる奴がなにせ多いんだから。

キイム　（かぶっていた毛布をはいでぱっと起きあがり）俺だけでなくほかにどんな奴がいるんですか？

運転手　あ、あ……起きたな？

ジャアン　一体その奴らはだれですか！

運転手　この近所の倉庫番だよ。（ジャアンに）ところであの友達はいくつだい？　俺の目には四十を越えてると見えるんだが？

キイム　三十九です、俺は！

運転手　年とってることは年とってるな。けれども近ごろの若いのよりは年とったのがいいんだ。若いやつらは俺の娘と寝たがるばかりで結婚なんか考えもしないからな。

ジャアン　（倉庫の外に出て行き）まずトラックの箱から下ろしましょう。

運転手　（ジャアンに向かって大きな声で叫ぶ。）おい、気をつけて下ろせよ！

キイム　心配いりませんよ。あいつは失敗はしませんから。
運転手　それもそうだろうな。あののろまが失敗するはずがない。（ポケットから花札をとりだして食卓の上に置く。）どうだい？　あとで午後に仕事を終えてから来るから一丁やろう！　舅と婿《むこ》の二人っきりでな、賭事をやってみれば人柄がわかるもんだ！（キイムのベッドに行って肩をぽんとたたいて）おい、年取った婿殿、わしはこのベッドで休むからおまえさんはトラックに行って箱を下ろすのを手伝ったらどうだい？
キイム　（運転手にベッドを譲っておりる。）ええ、ではゆっくりお休み下さい。
運転手　（ベッドに上がって横になる。一方の手で鼻をつまんで片方の手であおぎながら）ああ、酒くさい！　昨日の夜はどれだけ飲んだんだ？
キイム　お嬢さんは酒がすごく強かったですよ？
運転手　あいつは母親に似たんだろう。母親が大酒呑みだったから！
キイム　今もよく飲まれるんですか？
運転手　死んでいるのにどうやって飲むんだ。
キイム　あ……そうでしたか？
運転手　母親が死んだ話もしてないのか、娘は？
キイム　いわなかったですよ。
運転手　小さい時に死んだから忘れてしまったんだろうな。おまえさんは早く箱を下ろして来な！　姑が死んだことを悲しんでなんかいないで！
キイム　（食卓に行って花札をとってズボンのポケットにいれる。）花札は隠しておきますよ。午後に一丁やりに必ずいらして下さい。

（キイム、二日酔いが醒めないのかふらついた足どりで出て行く。トラック運転手はベッドに横になって伸びをしたり、左右にごろごろしたりする。ようやく一番楽な姿勢をみつけたように、まっすぐ横になって満足した表情である。）

運転手　婿のおかげで楽ができていいな！（ベッドに横になったまま虚空に手を伸ばし何かをつかむまねをする。そのたびごとに魔術のように虚空で花札をつかみ出す。）近ごろの若い奴らは賭事のやりかたも知らない。金を無くしたら諦めねばならないものを、もう一度やろうとわめきちらしてあせるんだ。賭事はやはり年とった奴とやらにゃあならん。年取った奴は騙すのも簡単で、あやうく手のうちがわかっても抗議さえしない。それはそれとして年取った婿さんよ、こうして倉庫番をしながら金をどれだけ貯められただろうか……？（空中でつかんで集めた花札を腹の上にのせて一枚ずつ引っくり返して運勢を占う。）待てよ……今日の、金運でも占ってみよう。なに、まあまあだ。ついてる日じゃないな。（いきなりトラックのクラクションが聞こえる。）おやおや、誰がいたずらしてるんだ？（上半身を起こして立つ。花札をかきあつめ袖の中に隠しながら倉庫の外に向かって叫ぶ。）誰だ？　むやみに運転台にさわっちゃだめだ！

（ジャアン、倉庫の中に入ってくる。）

ジャアン　箱は全部下ろしました。

運転手　（ベッドから下りてくる。）俺のトラックのクラクションをあんなに鳴らしたのは誰だ？

（キイム、倉庫の中に入ってくる）

キイム　ちきしょう！　あの箱を移して積んだりすることを考えると死にそうになっちまう！

運転手　（キイムに）おまえがやたらに鳴らしてたんだな！
キイム　けっこうおもしろいですね！
運転手　なに、おもしろいだと？　小さいガキでもあるまいし、いたずらしていたというのか？
キイム　大騒ぎすることないじゃないですか？　お父上のトラックは私のもの……。
運転手　何をいうんだ？　本当にわしの婿になるまでは絶対にトラックにさわるな！（倉庫の外に出て行き）ぐずぐずしてないで積みこむ箱を外に出せ！　時間がない！
キイム　あの爺さん、気難しいな。
ジャアン　（書類を持って倉庫の中をまわりながら送り出す箱を確認する。）これだ、これ！　トラックに積み出す箱がここにある。
キイム　（気の乗らない表情でジャアンが呼んでいる方へ行く。）どれでも積んで出せよ！
ジャアン　６の６３４７番から６の６２７９番まで、三十二個の箱だ。
キイム　（箱を足で蹴って）まったく気分が悪いったら！　クラクションをちょっと鳴らしたからって怒ることないじゃないか！
ジャアン　だめだよ、箱を足で蹴っちゃあ！
キイム　さっきおまえも見たじゃないか。俺は俺のベッドをあの爺さんに貸してやったんだぞ！　俺のベッドは自分勝手に使いながら、俺には自分のトラックにさわってはならんと、なんてけちな根性だ！
ジャアン　（台車を引いてきて箱を積む。）急ぐからって一度にどっと積んではだめだ。安全に何回にも分けて積もう。

キイム　できるだけたくさん積もう！　何回もあの爺さんと顔をあわせなくていいじゃないか！

（倉庫の外のトラックで催促するようにクラクションが鳴る。）

運転手　まったく、自分勝手な！　自分のトラックだからって好き放題鳴らしているんだな！

キイム　（倉庫の中にむかって叫ぶ声が聞こえる。）何をしている。早く出てこい。

（ジャアン、台車に箱を積んで出て行く。続いて来たキイムは立ち止まる。キイム、ちょっとためらっていたが、自身の台車から箱を一つ下ろす。そして別の箱をとりあげて積んで出て行く。しばらくして門の前からトラックが出発する音が聞こえる。キイム、からの台車を引いて倉庫の中に入って来る。倉庫の門の前でジャアンが大きな声で叫ぶ。）

ジャアン　おい、ついでに箱を倉庫の中に運ぼうよ！

キイム　入ってこいよ！　入って来てコーヒーでも一杯飲んでからやろう！

（キイム、石油コンロに火をつけて鍋をのせる。ジャアンが倉庫の中に入って来る。）

ジャアン　コーヒーをいれるというのに鍋をのせたのかい？

キイム　うん、ぴりぴりする酔いざましのスープを沸かそうと思って。夕べの酒のせいで頭が痛いし、腹もむかむかする。もしかしてスケトウダラが一匹ないかな？

ジャアン　ついこの前その一匹は口に入っちゃった。（キイムの口まねをする。）スケトウダラが一匹ないかな？

キイム　たぶん、俺がみんな食べたんだろ。そうだろう？

ジャアン　とうがらしの粉だけしかないよ、今は。（生活道具の集めてある所へ行って大きなガラスビンを持って来る。）テーブルに来て座れよ。俺がへジャンクックを作ってやるから。

キイム　とうがらしの粉だけで作ったものなんか食べたくないよ。

ジャアン　(自分のベッドの下から箱をとりだして来る。) これなんだかわかるか?

キイム　なんだい?

ジャアン　(箱をキイムに渡す。) 開けてみな。

キイム　(箱を開けて歓声をあげる。) これ、スケトウダラの頭じゃないか!

ジャアン　そうだ、おまえが身は全部食べて頭ばかり残した。しかし大事な時に使おうと思って、俺が頭はちゃんととっておいたんだ。

キイム　やっぱりおまえはしっかり者だな!

ジャアン　(鍋のふたを開けてお湯が沸いたのを確かめる。)

キイム　わかった! わかったよ! このスケトウダラの頭をちょっと見ろ。何か深刻に考えている顔つきだよ! 身をみんな失くした奴、頭の中には考えごとがいっぱい残っているみたいだ! (鍋の中にスケトウダラの頭を入れる。) 心残りだろうが、今や俺の腹の中に入れられる準備をしろな!

ジャアン　(ガラスビンのとうがらしの粉を鍋の中にふりかける。) これぐらいふりかければぴりぴりするだろう。

キイム　ありがとう。その通りだ。

ジャアン　ありがとうだなんて……。(食卓へ行って座る。向かい側の椅子を指して) ここへ座れよ。スケトウダラの頭が煮える間におまえにいっておくことがある。

キイム　(警戒する態度になりながら、椅子にとまどいつつ座る。) なんだかびくびくするな……。なんだい?

ジャアン　昨日の夜は酷く酔っていたな。いったい何時に帰って来たか思い出せるかい?

キイム　そうだな、おぼえていないんだが……。

ジャアン　どんなふうにして帰って来たかわかってるかい？

キイム　わからない。

ジャアン　彼女がおまえを抱きかかえて連れてきたんだ。

キイム　それほんとかい？

ジャアン　そうだ、本当だよ。ところでトラックの運転手は彼女は自分の娘だといった。おまえはそれも知らなかったのかい？

キイム　うん、知らなかった……。昨日、俺は聞いたんだが。お父さんは何をしてる人なのかと……答えなかったので何かおかしいなとは思ったんだが、トラックの運転手だなんて本当に俺も驚いた！

ジャアン　自分の父親が誰かということをまったく話さなかったのかい？

キイム　そうだよ。自分の母親が死んだということも話さなかったんだから。

ジャアン　では会ってどんな話をするんだい？

キイム　ただべちゃくちゃしゃべるのさ。まだ若い娘だから無意味なことばかりべちゃくちゃしゃべるのさ。俺もそうした。俺は年はくっているが……酒のせいだ。しらふで話したらお互いに役に立つ話もできたろうが……それがだめなんだ。

ジャアン　どうしてそれがだめなんだい？

キイム　俺たちはひどく酔ってから話し始めたんだ。俺をそんな怒るような目で見ないでくれ。昨日はおまえにいわれたようにしようとしたんだ。飲み屋でなく、どこか静かなレストランへ行って食事でもしようと……。しかしいまいましいったら！　その言葉が口の中を回るばかりで全く出ないのさ。それでまず飲み屋へ行ったんだ。二人とも腹が立った顔をしてまず酒を飲み始めた。そこまで……そこまでは覚えているな。それともうひとつある。おまえが俺に何べんも注意してくれたことがあったじゃないか、女の内腿をさわってはいけないということだよ、それは守った。右手は杯を持っているからそんなことはしないが、きっと左手がさわるんだ。それで酒を飲む前に左手をハンカチでかたく縛っておいたんだ。

ジャアン　（微笑をうかべて）よくやった。本当によくやったよ。

キイム　久しぶりにほめられると気分がいいな！

ジャアン　おまえが自分自身の手を縛ったというのはちょっと行きすぎだが、いずれにしろ礼儀正しい態度が彼女にはよく見えただろう。待ってな。俺がヘジャンクックを用意してやるから。

（ジャアン、真鍮のしゃもじをとりに行って、コンロの上で沸いている鍋のふたを開けて見る。）

ジャアン　（しゃもじで汁をすくい匂いを嗅いで）ふむ、ふむ、似ているぞ！（鍋を食卓に持ってきてキイムの前に置く。）少し冷めたら飲みな。熱い汁で口の中をやけどしないようにな。

キイム　この鍋の中のスケトウダラの頭を見ろよ！

ジャアン　（鍋の中をのぞいて見る。）

キイム　まったく大した奴じゃないか？（ジャアンの手からしゃもじをとりあげて、鍋の中の干し鱈の頭をすくいあげる。）ぐらぐら煮立ったとうがらし汁の中でも泰然として目を開けているよ！

ジャアン　なぜそんなことをやるんだい？

キイム　（干し鱈の頭を自分の目の前に近づけて見つめる。）こいつは笑っているな！　ほんとに笑っている！　頭だけが残った奴が口をぱっくり開けてワハハハ、ワハハハ、声を出して笑っているじゃないか！（ジャアンの笑わない表情をうかがいながら）おまえはなんで笑わないんだ？

ジャアン　（キイムの正面の食卓の椅子に行って座る。）なんで笑わないかって？

キイム　そうだ、むしろ深刻な顔つきだけど？

ジャアン　わからない、俺も……しかしそんな惨《むご》たらしい冗談は嫌いだ。早くその頭を鍋の中に入れろ……。

キイム　（干し鱈の頭を鍋の中にいれる。）俺はおまえが好きなんじゃないかと思ったんだ。

ジャアン　俺は嫌だ。そんな冗談をいうくせをなおせ。

キイム　おまえはまた俺をガキみたいに叱るんだな。そうだ、いつもそうなんだ。俺はおまえにほめられていい気分でいるのに、すぐまた叱られてしょげちゃうんだ。おまえはやはり継母《ままはは》だ。これをしろ、あれをしちゃだめだ、絶え間なく小言をいって俺のすべてのことに干渉するんだ。（ズボンのポケットからハンカチをとりだして口を拭うまねをして）このハンカチを見な。手で口をごしごしこすって拭くなとおまえがくれたものだ。だがこうしてハンカチで口を拭くと、まるでガキになった気分なんだから。

ジャアン　何か誤解しているようだな。俺はおまえをガキだと思ったことはないよ。

キイム　いいや、おまえは俺をガキのようにしっかりと捕まえておこうとしてるんだ（ハンカチを投げつける。）このいまいましい倉庫の中で、一生一緒に暮らすつもりで俺を子ども扱いするんだ！（自分のベッドへ行って腰掛け、ポケットから花札を取り出して置く。）俺は絶対おまえのガキじゃない！今日は絶対に俺に干渉しないでくれ！

ジャアン　それはなんだい？

キイム　見てわからないかい？
ジャアン　おまえと花札をするのは誰なんだい？
キイム　また小言のようだな！
ジャアン　誰だ、いってみな！
キイム　（花札をきりながら）トラックの運転手、俺の舅になる人だ。午後に仕事が終わってから一丁やりに来ることになっているんだ。
ジャアン　彼が博打《ばくち》うちだということはおまえもよく知っているじゃないか？
キイム　彼女は自分の父親が博打うちだという話はしなかったよ。
ジャアン　運転手たち、特にトラック運転手たちは花札をやることにかけてはプロだよ。そんな人たちと賭けごとをしたらまき上げられるのがおちだぞ。
キイム　縁起でもない！　まき上げられるかもうけるかやってみなけりゃわからないだろう。
ジャアン　（キイムのベッドへ行って横に座ってなだめるように話す。）ごめんな、さっき鱈の頭に冗談をいった時笑わなかったのは、俺のまちがいだった。そのためにおまえの気分をそこねたなら謝るよ。さあ、鍋の中からまた出しな。俺は大きな声で思う存分笑うから。
キイム　それはもうすんだ話だ。
ジャアン　本当に賭事をしたかったら俺と二人でやろうよ。そうすれば俺がすってもおまえが取れるし、おまえが金をなくしても俺が取れることだから実際には損害が出ないじゃないか？　どうだい、考えてみな、トラックの運転手とやるよりそれがずっといいだろう？
キイム　ちぇっ、どんな賭事なんだい？　結局おまえは継母の役割りをして、俺は継子《ままこ》の役割をして、母と子どもだけで仲良く遊んでみようというわけなんだろ、俺はそんな幼稚な手には騙されないぞ！

ジャアン　今朝はおかしいな……。なぜひっきりなしに意地悪するんだい？

キイム　（ぱっと立ち上がって）意地悪をするなんて、子どもに使う言葉で、大人に使う言葉じゃないじゃないか！

ジャアン　そうかそうか。気を悪くさせたな。（ベッドから立ち上がって）ヘジャンクックを食べ終わったら始めよう。倉庫の前の箱を中へ運び入れよう。

キイム　それがやっぱりおまえの手だ！　箱、箱、箱ばかり！　俺が意地悪だというなら、おまえはそのくそったれの箱で俺を縛りつけようとする。ちゃんとした場所に積め、絶対にまちがえてはだめだ、そういいながら俺を厳しく叱るんだ！（再びベッドへ腰かけて花札をきりながら）だけど今日はまちがった。今日は、箱の一つがまちがって行ったんだよ！

ジャアン　箱がまちがわれたって……？

キイム　うん、うん、そういうことになった。今日送り出す箱の中で一つがまちがったんだ。

ジャアン　しかし何でだい、トラックに積む時確認したろう！　全部で三十二個だったじゃないか！

キイム　数字はあってるさ。俺が別の箱とこっそり取り替えておいたんだ。

ジャアン　おぉ……どんな箱なんだい？

キイム　どんな箱かは俺も知らない。

ジャアン　箱の番号も見なかったのかい？

キイム　見る暇もなかったさ。さっと手に取るなり取り替えたんだから。

ジャアン　一体どんなつもりでそんなことをしたんだ！

キイム　そうだな……俺もとっさにしたことだ。

ジャアン　なんで俺にそういわなかった！　これはただごとじゃない。箱一つがまちがったことではないよ。一つがまちがえば全体がまちがいになるんだ！　全部がまちがってしまうんだ！

キイム　いずれにしろ俺にはうまくいったことだ。へまをやったからおまえももう俺をこの倉庫の中に引き止めないだろう。俺もさっぱりと出て行けるからいいや。なあ、継母《ままはは》、顔色が真っ青じゃないか？　子どもが出て行くのが心配かい？　それとも、まちがった箱の方が心配なのかい？

ジャアン　だから違ったとんでもない箱が積まれて行ったならば……どうするんだ？　そうだ……まずその箱の番号から見つけださなければ。書類を全部ひっくりかえして見て、倉庫の中の全部の箱と照合して見れば、その箱の番号は探し出すことができるだろう。

キイム　今日はその仕事のために忙しいなあ。どう、俺達二人っきりで花札でもやるか？　でもおまえは時間がなくてできないだろうな。そうだろ？

（舞台照明、暗転する。）

■第４場

（夕方頃。キイムとトラック運転手が食卓に座って花札博打をやっている。おのおの二枚の花札を手に持って、その合計した数字で勝ち負けが決まる簡単で早く決着がつく博打である。相手に勝てると思われる札を持つと、金をより多く賭けることができる。相手が降りないで同じように金を賭けて応酬した場合には、お互いに札を公開することに合意するまで、金の額を続けて高くしていく。キイムの表情は焦って深刻である。彼はトラック運転手に金を続けてとられるばかりで、ただの一度も金を手に入れることができない。キイムとは正反対にトラック運転手は、余裕のある表情だ。彼は巧みにキイムをあしらっている。ジャアンは倉庫の中の箱の積んである所にいる。彼は書類と箱を照合しながらまちがって積まれて行った箱の番号を確認中である。時折彼の姿は積んである箱に隠れて見えなくなる。）

キイム　（持っていた札を置いて）俺は降りますよ。
運転手　なあ、年取った婿どのよ。賭事をしてみたらおまえの人間的欠点がわかったよ。
キイム　俺の人間的欠点ってなんですか？
運転手　おまえの欠点は他でもない。ついている時には度胸がなくて、運のない時には肝っ玉が強いということだ。（自分が持っている花札を開いて見せる。）これを見てみろ。わしはたった五ぽっきりだぞ。
キイム　（悔しそうに感情を爆発させて）たったの五だったんですか？
運転手　そうだとも。おまえはどうだった？
キイム　（床に置いた札を開いて見せる。）九ですよ。九！
運転手　（賭け金をかき集めて）ちぇっ、九を持って五ぽっきりに負けるなんてまったく、なってないな。

キイム　そっちであまりにも強気に、どんどん賭け金をつり上げるじゃないですか。だから俺よりもっといい札を持っていると思ったんですよ。

運転手　今度はうまくやってみな。前もって恐れずに。おまえさんの度胸どおりにやるんだ。

（トラック運転手、花札を再びきって差し出す。キイムは慎重に半分にわける。運転手はそれぞれに花札を分ける。）

運転手　（額に皺を寄せてしかめっ面をして）これは、これは……！

キイム　どうかしましたか？

運転手　いや、なんでもない。それでおまえさんはどうする？

キイム　（自信満々の表情で、自分の前に置いたブリキの箱の中からお金を取り出して食卓の真ん中に置き）大きいのが五枚に小さいのが七枚だ！

運転手　大金じゃないか？

キイム　自信がなければ降りて下さい。

運転手　そうだな……。

キイム　ああ、後で後悔しないように降りたほうが。

運転手　続けるのもなんだし、降りるのもなんだからなあ……。（しばしためらっていたがキイムが賭けたのと同じほどの金を置いて）ここいらで開けてみるか？

キイム　いいや。（ブリキの箱の中からもっと多くの金を取り出して置く。）俺はもっと賭けます。大きいの四枚に、小さいの三枚……。

運転手　えいっくそっ、ぱっとしないな……（ためらいながら賭け金をもっと賭ける。）これぐらいにしようじゃないか、もう。

キイム　（自信満々にまた多くの金を賭けながら）俺には運がついてきたようですよ。

運転手　よし、もう少しやるか。（仕方ないように消極的にお金を取り出して置く。）どうだい、これぐらいで見せ合わないかい？

キイム　（持っている札を見せながら）俺は三の揃いです。

運転手　（自分の札を満足げに見せてやる。）わしは空山明月一枚に雁が一枚、八の揃いさ。あぁ、年取った婿さんよ、早めに降りればよかったんじゃないか？

キイム　（椅子からぱっと立ち上がり）俺が三のそろいで降りるんですか？

運転手　だけど考えてみな。わしがもっといい札をもっているってことは見当がついたじゃないか。

キイム　そんなことといわないで下さい！　見掛けによらず大げさに訴えておいて俺に勘を働かせろだなんて……この賭けは無効だ！

運転手　賭事に無効はないよ。（積まれている金を自分の前に引き寄せる。）おまえさんに忠告するが、おまえさんはわしの長所をわからなくちゃいけない。わしの長所とは何か、わしは運のない時は強く出て、いざ運がついてきた時にはたちまち負けたようにふるまって見せるんだよ。年取った婿さんよ、静かに座って遊んでいたのにいきなり癇癪をおこして立ち上がるのはいい態度じゃない。座って静かに考えてみるんだ、うん？　ただ賭事で金を失くしたことばかり考えると腹が立つだろうが、おまえさんはわしから取って手に入れたものもあるじゃないか？

キイム　（椅子に座る。）俺は失くすばかりですよ。

運転手　そうじゃない。手に入れたものもある。賭事でおまえさんが金を失くしたように、わしは娘を失くしたんだ。（花札をまたきって差し出して）そういうわしの気持ちをわかったら顔を上げろ。

（キイム、花札を続けるつもりで花札をとる。トラック運転手は再び札を分ける。彼らがそれぞれの札で競っているところにミスダーリンが倉庫の中に入って来る。彼女は博打を予め予測していたようである。）

ダーリン　思ったとおりだわ！

運転手　あ、おまえ来てたのか……？

ダーリン　（食卓に近づいて行ってキイムに尋ねる。）どれくらいやられたの？

運転手　（キイムが答える前に言葉を先取りする。）いま始めたばかりだよ。（キイムの同意を求めて）そうだろ？　たったいま始めたんだな？

キイム　あ……ええ……。

ダーリン　（キイムのお金の入ったブリキの箱を持ってその中をのぞいて）お金が少ししかないじゃないの？

キイム　そう……もう俺はごっそりやられたよ。

ダーリン　父さんはこういう人なのよ。娘がつきあう男たちを放ってはおかないのよ。舅と婿とかなんとかいいながら、博打に誘ってはかならず食い物にする魂胆なのよ。だからこの近所の倉庫番たちはみんな父さんにやられたわ。

運転手　この娘が！　父親に向かって人聞きの悪いことを！

ダーリン　悪口じゃないわよ。（ブリキの箱をキイムの前におく。）失敗したわ。父さんには気をつけなさいって前もっていっておくべきだったのに……。

運転手　おまえはこの男に大切なことはなんにも話していないんだな。おまえの母親が早くに死んだことも話していない。わしが一人でずっと苦労しながらおまえを育ててきたことも話していない。
ダーリン　なんでそんなこと話すの？
運転手　それは重要なことだよ。（キイムに）おまえもそう思うだろ？
キイム　もちろんです。いずれにしろ……重要なことですよ。
運転手　おまえが全く話していないようだから、わしが代わりにみんな話してやった。そうすると仲良く人間的に花札でもしなければ、ただ顔だけ眺めて口たたいているわけにはいかない。
ダーリン　お金をたくさん失くすかわりに、あたしを取っていくんだという話もしたんでしょ？
運転手　もちろんしたさ！
ダーリン　それから、あたしがいろんな男とつき合っているということも話したんでしょ？
運転手　それこそ一番先にいったさ！　しかしわしは若い婿よりは年取った婿がいいといった！
ダーリン　何から何まで父さんは全部話したのね。（食卓に腰かけてキイムの花札をのぞき込んで）負けよ。こんな札でどれだけ賭けるつもり？
キイム　負けだとは……これはとてもいい札だよ！
ダーリン　菊が二枚、九の揃いでしょ。でもこんな時、父さんは紅葉が二枚、十点の揃いよ。
運転手　おい……おまえ……ひとの札を見もしないでそんなことというのかい？
ダーリン　あたしは父さんのやりかたはみんなわかっているのよ。
運転手　なあ、年取った婿さんよ、九の揃いを持ちながら降りるということはないよ！
キイム　けれど十点の揃いを持っていらっしゃるんでしょ？

運転手　それこそ何を持っているかは教えることはできない！

キイム　（見当がつかないというように困った表情で）全くまいったな！

ダーリン　こんな時、若い男たちはどうするか知ってる？　ぱっと立ち上がって板を引っくり返してしまうのよ。でもあんたははっきりしない。にっちもさっちも行かないまま気難しそうな顔をしているばかりね。

運転手　だからわしは若い奴らは嫌いなんだ！　あいつらは賭事をすることも知らない！

ダーリン　いいえ、あたしが見るところ、本当に賭事を知らないのは父さんよ。父さんはうまく札をすり替えるでしょ。勝ち負けをその時の偶然の運にまかせるのでなく、全部父さんが勝つようにしてしまうのよ。それで何のおもしろみがあるっていうのよ。父さんはお金だけつかむばかりで賭事の本当の味をわからないでしょ。（キイムの肩の上に手をのせて）かわいそうにね、だからあんたはブルブル震えているのね。

キイム　俺はこんないい札を持ってどうすべきか？　降りるべきだろうか？　それとも続けるべきだろうか？

ダーリン　あんたは負けよ。

運転手　そばでやたらと負けだ負けだというな。そういわれると人間は自信がなくなるんだ。

ダーリン　じゃあ、あんたの思い通りになさいよ。

キイム　いいや、俺は自分の思い通りにやることができない。ほんとうにあっちは十の揃いを持っているのは確かなの？

ダーリン　何回もそういったじゃないの！（座っていた食卓から下りて）あんたのお友達はどこにいる

の？　見えないんだけど？

キイム　うん、うん、倉庫の中のどこかで……箱を探しているんだろう。

運転手　おい、年取った婿さんよ、降りるか続けるか早く決めろよ！

ダーリン　（倉庫の隅の生活用具のあるところを見回す。）まあ、ほとんどの生活用具がみんなあるのね！　昨日の夜来た時には見なかったけど、コンロもあるし、お鍋もあるし、食器やしゃもじ……。（しゃもじを持ち上げて眺める。）こんな真鍮のしゃもじは昔に作ったものでしょうね？（キイムに）あたしのいうこと聞いてる？

キイム　（花札から目を離さないでうわの空で答える。）なんだって？

ダーリン　こんな真鍮のしゃもじはこの頃はないわね！

運転手　（キイムに）よけいなことに気をとられるな。早く決めな！

ダーリン　（しゃもじを持ちながらベッドのある所へ行って）この二つのベッドのうちどっちがあんたのものなの？　こっち？　それともあっち？

キイム　（うわの空で答える。）こっちのが俺のベッドだ。

ダーリン　まっすぐ見て答えてよ。確かにこっちのがあんたのベッドなの？

キイム　（ベッドをちらっと見て）いや、それじゃなくてあっちが俺のベッドだ。

ダーリン　（キイムのベッドに行って座る。）ずいぶん汚いわね。

運転手　いつまでぐずぐずしてるんだ？

キイム　（さらに困惑した表情になって）そうですね……。

ダーリン　ところであんたの友達のベッドはなぜあんなにきれいなの？

キイム　さあ。俺は知らん……。
ダーリン　一緒に長いこと暮らしながらそれを知らないの？
キイム　俺は知らないったら！
ダーリン　（ベッドにおいてあるピンク雑誌を取り上げて）それからあんたの友達は、あんなに高尚な本を読んでいるのに、あんたはこんな幼稚なものばかり読んでるの？
運転手　ああ、おまえちょっと黙っててくれ！　年取った婿さんが今どうしたものか困っているのに、おまえまでが気持ちを混乱させることはないぞ。
ダーリン　じゃあなに？　父さんは十の揃いを持っているから気を抜いてもいいということなの？
運転手　だめだ。おまえ、あの倉庫の隅に行って箱探しでもしたらどうだ？　今朝箱の一つがまちがって俺のトラックに積まれて行ったが、それがどれだったか探しているんだ。
ダーリン　それはあたしがやらせたのよ。
運転手　おまえがやらせたって？
ダーリン　父さんの年取った婿さんに聞いてみなさい。
運転手　（キイムに）あの子は今何をいってるんだい？
キイム　そうですね、それは……俺の友達があまりにくそ真面目なんで俺まで大変だといったら……箱を一つこっそりまちがえてやってみろというんです。それで俺は……いわれるとおり試してみたんですよ。
運転手　試すなら他にもあったろう、箱で試したのか？
ダーリン　箱がまちがえば父さんも責任があるでしょ？

運転手　なんでそれがわしの責任なんだ？　わしはただ箱を持って来て、持って行くだけだ。（キイムに）もう時間だ。降りるか、続けるか、目を瞑《つむ》って決めてしまえよ！

キイム　今そうします。（ブリキの箱をまるごと食卓の真ん中に差し出す。）さあ、残った金をみんな賭けます！

運転手　よし、一挙におしまいにしよう！（手に持っていた花札を食卓の上に並べてひろげて置く。）わしは十月の楓が二つ、揃いだ。おまえさんは？

キイム　（力なく花札を広げて置いて）負けました、俺が……。

運転手　おまえさんは九月の菊が二枚だね。

キイム　ああ、ちきしょう……。

運転手　（キイムのブリキの箱をもって来て自分の前に空ける。）悔しがることはないよ。おまえさんが持っていた札も良かった。ただわしが何べんも教えてやっただろ、おまえさんは人間的に直さねばならない欠点がある。札がよくて運がいい時はそっと降りなければならないのに、おまえさんはかえって力をこめて続けようとするのだ。

キイム　どうかそんなことはいわないで下さい！　いつ降りて、いつ賭けるべきか俺はわからないんです！

運転手　だから度胸が必要だというんだ。出かけて一杯やろう。わしが奢るから。（ダーリンに）なあ、おまえも行くか？

ダーリン　あたし行きたくないわ。

運転手　どうして？　おまえも一緒に来ればいいじゃないか？

ダーリン あたし達三人が飲み屋にあらわれたら笑い者になるでしょうよ。

運転手 誰がわしらを見て笑うんだい？

ダーリン みんなは全部わかっているのよ。父さんがどんなことをしたか、酒を飲む金を誰から巻き上げたか、みんな知ってるから笑うのよ。

運転手 行きたくなければおまえは抜けろ、わしらだけで行くから！（食卓の椅子から立ち上がって）なあ年取った婿さんよ、あんまりがっかりしないでそれぐらいにして立ち上がれよ！　酒を飲みに行かないか？

キイム 行きますよ、俺は。（椅子から立ち上がってダーリンに尋ねる。）ところで本当に一緒に行かないでここにいるつもり？

ダーリン そうよ……。（倉庫の中を見回して）ここのほうがもっとおもしろそうじゃない？

キイム ここは何もおもしろくないぞ！

運転手 （キイムを倉庫の外へ引っ張って行き）わしらだけで行こう！　わしはあの娘と一緒に行くのは嫌だ！

ダーリン （倉庫の門の方に向かって）あたしも父さんと一緒に行くのは嫌よ！

（運転手とキイム、倉庫の外に退場する。ダーリンは続けて大きく叫ぶ。）

ダーリン あたしは父さんなんか大嫌いよ！

（倉庫の箱がぎっしり積まれている所にジャアンが書類の束を持って出て来る。ダーリンは叫ぶのをやめる。）

ダーリン ごめんなさい。大声を出して……。

ジャアン　かまいません。

ダーリン　昨日はひどく酔っぱらって、今日は大声を出して……。会うたびにそんなことばかりしておかしな女に見えるでしょう。

ジャアン　昨日はほんとにありがとうございました、ぼくの友達をつれて来てくれて。

ダーリン　いいえ。今日は父さんがまた飲み屋に連れて行ったわよ。ところで箱を探しているのね？

ジャアン　ええ。（生活用具がある所に行って水を飲んで）喉が渇いたな。

ダーリン　（ジャアンの水を飲む姿を見ておもしろそうにくすくす笑う。）

ジャアン　何か……おかしいですか

ダーリン　昨日の晩のこと思い出したのよ。昨日の晩はあたしが喉が渇いて水を飲んだじゃない。

ジャアン　今日も差し上げましょうか？

ダーリン　いいえ。今日はいらないわ。（ジャアンに近づいて）箱のことをそんなに心配しないで。こんなふうに考えてみましょうよ。積まれて行った箱と残された箱が同じものならば何もまちがったことにはならないじゃない？　例えばその二つの箱に同じものが入っていたと考えてみて。箱はお互いに替えられていても、中身は全く違ったものではないでしょう！

ジャアン　（コップを置いて箱の積んである所に歩いて行き）ぼくもそう考えて見ましたよ。でも……。

ダーリン　（ジャアンを途中で遮って）でも何なの？

ジャアン　箱の番号が違います。書類と箱を一つずつ合わせてみたでしょ。８の３９８６番の箱がまちがって積まれて行って、代わりに６の６２７４番の箱が残っているんです。それぞれの番号が違っているのに同じ物が入っているわけはありません。

ダーリン　じゃ、こう考えて見ましょうよ。二つの箱の中にそれぞれ違ったもの、例えば一つの箱の中には卵が入っていて、もう一つの箱の中にはじゃが芋が入っている。けれど二つはみんな食料品でしょ。二つとも食べるものだという点では同じものだわ。どう？　あたしが心配をみごとに解決してあげたでしょ？

ジャアン　ぼくもそう考えてはみましたよ。でもそれは……。

ダーリン　ああ、またでもなの？

ジャアン　昔、ぼくが倉庫番を始めた時は大抵はこんな箱ばかりでした。（食卓の上に置いてあるブリキの箱をとってみながら）ご覧なさい。この昔の箱には、白い煙の綺麗な模様とタバコを吸う人が描かれていました。これは誰が見てもたばこの箱です。昔はこんなふうに、箱だけ見てもその中に何が入っているのかわかったものでした。しかし今は違う。今の箱はほとんどがみな数字で、ただ番号が書かれているだけです。（書類の束から一枚の書類を取り出して読む。）箱の番号８の３９８６番、内容物３５の４０２、サイズ18、数量50。これはまちがって積まれて行った箱です。そしてまちがって残っている箱はこれでしょ。（別の一枚の書類を読む。）箱の番号６の６２７４番、内容物９８の０２４、サイズ33、数量45……。これを見て箱の中に何が入っているかを知ることはできません。

ダーリン　もしかして父さんが知らないかしら？

ジャアン　さっき花札に来た時に聞いてみたんですよ。しかし知らないと。以前はトラックが直接、物を作っている所から運んで来たんですが、今は貨物列車が大量に停車場に置いていくものを分けて乗せて倉庫に運んできては、また倉庫から分けてトラックに乗せて停車場に行くんです。だから箱の中に何が入っているのか知るどころか、どこから来てどこに行く箱かも知ることはできないんです。

ダーリン　（笑って）それってとてもおもしろいわね！

ジャアン　何がそんなにおもしろいんですか？

ダーリン　この倉庫の中にぎっしり積まれている箱を見てみなさいよ。みな何だかわからないものばかりだから、何か不思議ななぞなぞみたいじゃない！　この箱の封を切ってみましょうよ！　とんでもないことでまちがって残った箱、その中に何が入っているか開けて見ましょうよ！　あんたは気がかりじゃないの？

ジャアン　気がかりでも箱を開けて見ることはできません。

ダーリン　なぜなの？　なんで開けて見ることはできないの？

ジャアン　許可をもらわなければ。

ダーリン　（ジャアンの前に近づいて）誰の許可をなの？

ジャアン　箱の持ち主の許可ですよ。

ダーリン　箱の持ち主がどこにいるの？

ジャアン　どこにいるかは……。

ダーリン　（顔が触れ合うほどぴったり近づいて）じゃあ、誰なのか知ってるの？

ジャアン　（話の糸口を遮られたまま後ろに退く。）

ダーリン　（ジャアンの肩を両手でつかんで）誰なのか、どこにいるのか、わからないでしょ！

ジャアン　ぼくたちがわからないからといって、持ち主がいないわけではありません。

ダーリン　むろん持ち主はいるでしょう。でもこわがることはないわ。（ジャアンの肩をつかんだ手で首を抱き締めて）あたしの考えではあんたは開けて見る権利があると思うの。箱を守る人が、その箱の中に何が入っているのかわからないなんて話にもならないわ。その上まちがわれた箱は当然開けてみなければ！　その箱はどこにあるの？　あたしに教えてちょうだい！

ジャアン　ちょっ、ちょっと……この手を放してください。

ダーリン　（手に一層力を入れて抱き締めて）あんたは教えてくれるだけでいいの。開けるのはあたしがやるから。

ジャアン　お願いです、この手を……。

ダーリン　この手を放したら逃げるつもりでしょ？　あんたは昨日の晩あたしを試そうともしなかったわ。あの隅に逃げて姿を見せなかったでしょ。早くいってよ。その箱はどこにあるの？

ジャアン　（箱が置いてある所を指さして）あそこに……あそこにあります。

（ダーリン、箱が積んである所に行って6―6174番の箱を持って戻って来る。）

ダーリン　かなり重たいわ！（箱を置いて調べてみる。）硬く釘が打ってあるわね！　ハンマーかのこぎりのような、何か道具はないかしら？

ジャアン　箱を開けてはだめなのに……もし開けて何かまちがったら……。

ダーリン　何も心配することないわよ、あんたは。あたしにまかせて見ているだけでいいのよ。（あたりを見回していたが、生活用具のある所から真鍮でできたしゃもじを持って来る。）この頑丈な真鍮のしゃもじがよさそうだわ。（しゃもじの取っ手を箱の本体と蓋の間に差し込む。それから梃子のように力いっぱい持ち上げると釘が抜けて蓋が開く。）さあ、開いたわ！　こっちへ来て箱の中を見てみなさいよ！

ジャアン　（おずおずと箱に近づく。腰をかがめてのぞいてみたが、だんだん当惑した表情になる。）なんでしょうか。これは……？

ダーリン　（箱の中にある金属の物体を取り出す。）とても不思議なものだわ！　鉄でできていて真ん中には穴があいて……。

ジャアン　そうですね……何かの付属品のようですが……。

ダーリン　（ジャアンに金属の物体を差し出す。）何かの付属品でしょ？

ジャアン　（金属の物体を受けとって調べながら）ある機械の……でも何の機械なのかは……。

ダーリン　そうだわ。機械の付属品だわ！　付属品一つがこれぐらいの大きさなら、たくさんの付属品が集まって作られるその機械はとてつもなく大きいでしょうね！（だんだん自分の考えをふくらませる。）無論そんな機械は特殊なの。空を飛ぶこともできて、海の底を行き来することもできるはずだわ。いつだったか映画で見たんだけど、実際にそんな機械があったわよ。おかしいことに、過去にも飛んで行けるし、未来にも飛んで行くの。いずれにしろみんなはそのおかしな機械のおかげで幸せなの！（沈黙しているジャアンに）ところであんたは何もいわないの？　あたしの考えはまちがっているかしら？（間）いいわ。じゃあ別の考えをいってみましょうか？　それはこうなの……ものすごく大きな爆弾の付属品なの。その爆弾は人びとを殺すのよ。一人二人ずつ殺すのではなく数千、数万人をいっぺんに殺すの！　実際にそんな恐ろしい爆弾があると新聞で読んだことがあるわ。一瞬のうちに、あまりにも素早く殺されてしまうために、人びとは死ぬ苦痛を感じることもできないんですってよ！　それでもあんたは何もいわないのね……。またあたしの考えがまちがってるというんでしょ？

ジャアン　（取り出したものをまた箱の中に入れて）勝手に箱を開けてしまいました。

ダーリン　後悔してるの？

ジャアン　ええ……むしろそのままにしておけばよかったものを……。

ダーリン　後悔することはないわ。また蓋を閉じればいいじゃない。（箱の本体に蓋をかぶせてしゃもじで突き出た釘を打つ。）機械の付属品か、爆弾の付属品なのかわかって何になるのよ！　どうせあたしたちにはこれが何かわからないじゃないの！　箱を開けたのが怖いのなら、あたしたち一緒に逃げましょうよ！　この倉庫を抜け出してあたしたち二人で一緒に暮らしましょうよ！

（ダーリン、しゃもじで箱の蓋の釘を打ちつけておもしろそうに声を出して笑う。舞台照明が徐々に暗くなる。）

■第５場

（数日後。夜遅く。暗い中でジャアンとキイムはベッドに横になっている。彼らが体を動かすたびにがさがさと音がする。ときおりベッドが軋む音などが聞こえる。ジャアンとキイム、彼らはお互い眠りにつけないでいることを知っている。ついにこれ以上我慢できないというように、暗やみの中にキイムの声が聞こえる。）

キイム　おい、なんで眠れないんだい？

ジャアン　おまえは……？

キイム　俺が先に聞いたんじゃないか。

ジャアン　（沈黙）

キイム　あのしゃくな箱のせいだろう？

ジャアン　（沈黙）

キイム　そうならそうだと素直にいえよ。一人でうんうん苦しんでないで。

ジャアン　ちょっと明かりをつけてもいいかい？

キイム　好きにしろ。

（ジャアン、食卓の上の天井にぶらさがっている電灯をつける。明かりに眩しくなってキイムは後ろ向きになる。ジャアンは自分のベッドに腰かける。）

ジャアン　実に不思議だ……。

キイム　何が不思議なんだよ？

ジャアン　箱のことだよ……。箱がまちがって送られたのに持ち主から何の連絡もないんだ。

キイム　つまらん心配をするんだな。

ジャアン　たえず不安で怖いんだ……。すでに何日も過ぎたのに、全く連絡がない。箱の中には付属品がいっぱい入っているんだよ。どこかでそれらを集めてとても大きなものを作るんだろうに……。まちがって作ったら困るじゃないか……。

キイム　（ジャアンの方に寝返りをうって）そうだ、うまくできたから何の連絡もないんだ！

ジャアン　いいかげんに聞かないで真面目に俺の心配を聞いてくれよ。俺はその付属品がまちがって取り替えられたことを知っている。その上俺は箱まで開けて見た。ところがそれで何を作っているのかわからない……。まちがっているという連絡もない……。それで俺は眠れずに考えているんだ。いろんなことを、あらゆる可能性を考えてみたんだ。最初は、付属品がまちがえられているのを知らないでそのまま作った……。二つ目は、付属品がまちがえられているのを知っていながらもそのまま作った……。三つ目は、付属品がまちがっていることは知っているが、その箱が俺たちの倉庫で取り替えられたことまでは知られていない……。四つ目は、付属品がまちがっていることも知り、俺たちの倉庫で取り替えられたこともわかっているが知らないふりで、見て見ぬふりをしている……。

キイム　やめろ！　おまえはあんまり考えすぎて、病気だよ！

ジャアン　いろいろの中でどれが当たっていると思う？

キイム　（ベッドから起きあがり腰かけて）そういう時は自分の度胸で決めるんだ！　この前俺の舅になる人が何を教えてくれたかわかるか？　度胸だよ、度胸！　自分の手にどんな札が入ってきたのかは重要なことじゃない。そこそこの札しか揃ってなくても度胸さえあればいくらでもいい札を持ってる時のように賭けられるんだ。

ジャアン　俺がいったことは賭事なんかじゃないだろ？

キイム　いずれにしろ同じだよ！　一つ目　二つ目、三つ目、四つ目、複雑に考える必要はない。度胸とはなんだ、その中の一つを自分の良いように選ぶことさ。そしてこれは舅さまがいったことだが、世の中はみなまちがっているんだ。なに一つ正しいことはなくて、なに一つまちがいでないものはない。だから信じられるものは何だ？　自分の度胸だけだ！

ジャアン　（キイムの顔をまじまじと見つめる。）

キイム　なぜそんなにじっと見つめるんだい？　俺の顔に何かくっついているのか？

ジヤアン　（首を横に振って）いいや、何もくっついちゃいないよ。

キイム　（毛布で顔をこすって拭きながら）何かくっついてるって様子だが……。

ジャアン　いつものおまえの顔だよ。昔も今も変わっちゃいないおまえが、とんでもないことをいうもんだから。全く似あわないことをいうと思って見つめていたんだよ。

キイム　どういうことだい、それは？

ジャアン　度胸なんて言葉はおまえには似あわない。そして俺にも似あわない。俺たちは二人とも、この世の中がまちがっていれば不安になって生きることができない人間たちなのだ。確実で、正確に、すべてのことがまちがいなければこそ、俺たちは安心して暮らしていられるのだ。俺の心がこんなに混乱して不安なように、おまえもやはり同じなんだ。おまえは俺に隠そうとしているが、俺にはわかる。最近のおまえはあまりにたくさんのことを失った。貯めたお金も失って、心の安定も失った。今夜のおまえが眠れないのはそのためだ。

キイム　（ジャアンの言葉をある程度は肯定するように）そうだ、そう……。だけれど手に入れたものもあるよ。彼女は俺のものだ。確実に、俺のものになったんだ。

ジャアン　（黙ってキイムの顔を見つめる。）

キイム　（毛布で顔を覆う。）たのむ、そんなに見るな！

ジャアン　彼女はおまえを愛していない。

キイム　俺たちは一緒に暮らすことにしたんだ！　彼女が約束して、彼女の父親が保証したんだ！

（毛布をおろして）おまえは俺が幸せになるのがいやなんだな？

ジャアン　どうしていやなんだ。

キイム　いや。おまえは継母《ままはは》だから俺が幸せになるのを嫌うんだ。

ジャアン　おまえが傷つくかもしれないからいわなかったんだが……彼女は身持ちがよくない。酒に酔ったおまえを連れて来た日、彼女は服の胸を開いて俺にさわってみろといったんだ。そればかりか、俺の首を抱き締めて放してくれなかったこともあった、一緒に暮らそうと誘惑したこともあった。

キイム　知ってるよ！　おまえを誘惑したこと、俺もみんな知っているさ！　彼女はこの近所の倉庫番たちの誰にでも試してみようとしてそうしたのさ。しかし試すのは終わった！　最後におまえと俺の二人が残ったんだ。初めは誠実で正確なおまえがより彼女の関心を惹いたようだ。しかしだ、箱がまちがってからおまえがそわそわ落ち着かないので、彼女の考えが変わったんだ。おまえのような不安な人間とは暮らせないのだとさ。むしろまちがっていようともびくともしない俺と暮らすのが安心だ、そのように判断したんだと！

ジャアン　それ……本当か？

キイム　もちろん、本当だよ！　彼女は今やおまえには関心さえない！　わかったら明かりを消してくれ！　眩しくて眠れないよ！

（ジャアンはベッドの下から石油ランプと紙、エンピツを取り出すと食卓に戻って来る。そして光の弱い石油ランプをともし、食卓の椅子に座り手紙を書く。キイムはベッドに寝そべったままその様子をしばらくの間見つめる。）

キイム　何をしてるんだい、ランプなんかつけて？

ジャアン　手紙を書いてる。
キイム　（ベッドから上半身を起こして）何の手紙……？
ジャアン　明日の朝トラックが来たら運転手を通して手紙を渡そうと思って。
キイム　誰に渡すつもりだい？
ジャアン　箱の持ち主に。
キイム　（ベッドから下りて来てジャアンの向かいの椅子に座る。）箱の持ち主がおまえの手紙を受け取るだろうか……？
ジャアン　受け取って読んでくれるように祈らなければ。
キイム　祈る……？
ジャアン　わたしのまちがいを許して下さいと……。聞いてくれ……。（手紙の内容を読む。）荷主様に申し上げます。箱が取り替えられたのも知らないでトラックに積んで送り出したのはわたしの怠慢と、それによって起こるすべての結果に対して、倉庫番であるわたしにその責任があることを告白致します……。
キイム　手紙は易しく書くもんだよ。
ジャアン　（手紙を書きながら）わたしのまちがいを黙殺して覆い隠さずに、むしろさらけ出してひどく叱って下さいますように。それだけがこの深い不安からわたしを解き放ってくれるのでございます。
キイム　（ベッドから下りてジャアンに近づく。）俺も持ち主に手紙を書こう。いうから書き取ってくれるか？
ジャアン　そう、いってみな。

キイム　実は箱を取り替えたのはわたしの友達ではなく、わたしでございます。（ジャアンの周囲を回りながら）わたしの友達は何のまちがいもありませんから罰を与えるならばわたしに与えて下さい。いや、ちょっと待て。罰という言葉はとってくれ。俺は罰を受けるのはいやだから。わたしの友達はとても誠実な人間です。倉庫の中に箱を入れる時はただの一度もまちがわないで、倉庫の外に出庫する時は正確に確認に確認を重ねたのです。ところで申し上げます、最近わたしの友達は夜眠れません。日中は仕事に身が入りません。何かまちがいをおかしたらば叱られるのに、何もないから、今までうまくできた仕事もおかしいようです。ちょっと待った、おまえが叱られるというそれもとってくれ。もう一度申し上げますが、わたしの友達は何もまちがいはありません。むしろ彼は誉められるべきです。わたしはわたしの友達が再び楽しく幸せに仕事ができることを望んでいます。さようなら。（読みあげるのを終わってじっとしているジャアンを見つめて）おや、書き取ってないじゃないか？

ジャアン　おまえが俺をそんなふうに思っていてくれたなんて……俺はほんとに感動したよ。

キイム　何をそんなに感動するんだ？　手紙はわかりやすく書かなきゃならないんだ。

ジャアン　うん、おまえのいう通りだ。

キイム　ひとことも書きとらないで何がその通りだというんだい？

ジャアン　おまえの手紙はすべて俺の胸の中に書いたんだ！

キイム　前もって警告しておくが、俺にやさしくしないでくれ。俺は明らかにおまえのそばを離れて行く人間だ。

ジャアン　行ってはだめだ。俺と一緒にここにいようよ。倉庫の外に出れば、そこはまた倉庫で、その倉庫の外に出ても、また倉庫があるばかり……違うものは何もない。

キイム また継母《ままはは》のくせが始まったな！　いつもおまえは俺に小言をあびせる。この倉庫の中にいろ、この倉庫の中でたのむから誠実に働こう、それが幸福に暮らすことなんだ……。もううんざりだ！　おまえも俺と一緒に一度外の世界へ出て見ろ。倉庫の外の世界には俺たちのできる仕事がいくらでもあるんだ！　なのにどうして大切な人生をこの倉庫の中で腐らせるんだ？

ジャアン 俺達は人生を腐らせているんじゃない！　俺の手紙に返事が来ればおまえの考えも変わってくるよ。

キイム なに、俺の考えが変わるって？

ジャアン そうだ！　箱の持ち主の返事を受けとれば、おまえはこの倉庫で誠実に働くことがどれほど重要なことかがわかるだろうし、俺たちはまた幸せに過ごすことができるだろう！

キイム ああ、今わかった！　おまえがどうして手紙を書いたのかわかったよ！　そうなんだ、おまえは箱のためだけに不安なんじゃないんだ！　本当は俺が出て行くのも同じように不安なんだろ？

ジャアン いずれにしろおまえは行ってはだめだ。賭事で失くした金はいくらだ？　おまえが失くした金の全部を俺が代わりに渡すから、おまえはどうかここにいてくれ！

キイム （あきれたように首をはげしく振って）やめよう、やめてくれ、おまえのようなコチコチな奴と話していたら眠ることもできず夜が明けてしまう。（ベッドに戻って横になる。）俺はもう寝るからおまえは自分の好きなようにしろ！

（キイム、顔に毛布をすっぽりかぶる。ジャアンは一人食卓に残り、深い思いに浸った表情で石油ランプを見つめる。間。鉛筆に力をこめて一字ずつこつこつと書きながら低い声で読む。）

ジャアン　わたしたちはこの小さな倉庫で、卵とじゃが芋を保管していた頃から倉庫番をしております。その長い間のわたしたちの誠実さを一言も誉めて下さらなくても、嬉しく楽しかったものですが、今わたしたちのまちがいを叱ってくれないなら、その苦しみは耐え難いものです。どうぞ願わくばわたしたちのまちがいをはっきりわかっていらっしゃるという返事を下さいますように。ひたすらその返事だけがわたしたち倉庫番の願いでございます。

（ジャアン、手紙を書き終えて石油ランプを消す。）

■第6場

（明け方。倉庫の前にトラックが来てけたたましくクラクションを鳴らし続ける。だが普段の日と違って感じられるのはクラクションの音だけでなく、倉庫の戸を叩く音が同時に聞こえることである。眠れないでいたジャアンが電灯をつける。キイムはぐっすり寝入っている。倉庫の外ではトラックの運転手が戸を叩きながら早く開けろと叫び続ける。）

ジャアン　行きます！　行きますよ！

キイム　（騒がしい音に目が覚めて）今日はなんであんなにうるさいんだい？

ジャアン　うん、早く出なければ！

（ジャアン、倉庫の扉の方へ走って行く。キイムは伸びをしてあくびをする。のろのろとベッドから下りて靴を履く。トラックの運転手がせっかちな足取りで入って来る。）

運転手　よく寝たか、年取った婿さんよ！

キイム　何か火事でもあったんですか、朝っぱらからうるさくて？

運転手　早く、おまえさんの荷物をまとめろ！

キイム　荷物ですって……？

運転手　すぐ荷物をまとめてわしの家に引っ越すんだ。今日からおまえさんはわしの家で暮らすんだ。あのトラックからパンパン鳴る音が聞こえるだろ？　娘がおまえさんに早く出て来いと催促してる音だ。

キイム　いきなりそういわれても気持ちの整理ができない……。箱は積んで来ましたか？

運転手　もちろん積んで来たさ。

キイム　（倉庫の外へ歩いて行こうとして）箱を先に下ろしてから荷物を積まなきゃならないでしょ。

運転手　（キイムを引き止める。）のろまが一人でやるように放っておけ。わしはおまえさんと話すことがある。

キイム　何でしょうか？

運転手　倉庫番の仕事はいやだといってたな？

キイム　死ぬことの次に嫌いですよ！　どうしてですか？　何かいい仕事がありますか？

運転手　トラックの運転をしてみる気は？　まずおまえさんをわしの助手として使うから運転を習うんだ。そしてわしがやめたあとにはトラックの運転を全部任せるよ。どうだい、素晴らしくいい話だろ？

キイム　（嬉しくて小躍りしたいが疑わしいように）ちょっと待って下さい……。こんないい話はどこかに罠があるんでしょう……。

運転手　おいおい、今度は騙さないよ！

キイム　いいや、騙さないといいながらずっと騙して来たじゃないですか。俺の手には九の揃いを握らせておいて、一つ高い十の揃いで勝ったり、さっと札を取り替えたりもしたんですよね。

（ミスダーリン、倉庫の中に入って来る。）

ダーリン　何をぐずぐずしているの？

運転手　そうだ、おまえが話してやれ。この年取った婿殿はわしの話は信じないんだ。

ダーリン　あたし子どもができちゃったの。だけど正直いって、誰の子どもかわからないのよ。

運転手　おまえ、そこまでいうことはない。

ダーリン　堕ろそうとしたんだけど遅かったの。父さんにこのことがばれちゃったのよ。そしてあたしにいうには、誰の子どもかわからなくても父親は必要だって。それがあんたなのよ。荷物をまとめてわが家に引っ越して、それからトラックの運転も教えてやるんだって。倉庫番よりは運転手がいいって、あんたを誘っているのよ。

キイム　それで朝っぱらから騒々しいんだな……。

ダーリン　一緒に暮らすのがいやなら止めてもいいのよ。

運転手　バカいうな！　おまえたちは正式に結婚式も挙げて夫婦として生涯共に暮らさねばならないんだ！　おまえの死んだ母親に俺が一番後悔しているのはなんだかわかるかい？　役所にポンと紙切れ一枚結婚届けを出しただけ、実際の結婚式をやらなかったことなんだよ。

ダーリン　死んだ母さんに父さんが後悔してるのがどうしてわかるのよ？
運転手　なあ、年取った婿どの。これは本当にいい機会だぞ。今を逃したらいつこんな幸運に巡り会えるんだい？
キイム　ちょっと待って……。これは考えてみる問題だ
（キイム、ベッドへ行って深刻な表情で座る。ジャアン、倉庫の中に入って来る。）
ジャアン　トラックの箱はみな下ろしました。積んでいく箱はどれか、書類を下さい。
運転手　あ、うっかりしたな。書類は運転席の横にある。
ダーリン　（胸元から書類を取り出しジャアンに渡す。）あたしが持ってきたわ。
ジャアン　（書類を受けとりざっと見て）今日は積み出す箱がかなり多いですね。
運転手　うん、多いな！
ジャアン　（ベッドに座っているキイムを見つける。）なんでおまえは隅に座ってるんだ？
キイム　賭けをしてるんだ。
ジャアン　賭け？
キイム　あきらかにいい札をつかんでいるんだがなあ、どうすべきか……。
ジャアン　早く出て来い！　トラックに箱を積み出そうよ！
キイム　（出ていかない。）これは降りるべきか……賭けるべきか……。
運転手　あいつの代わりに俺が助けてやる。（ジャアンに）俺たちで積もう。
ジャアン　一つお願いがあるんですが。
運転手　何のお願いだい？

ジャアン　箱を運びながら申し上げます。

（ジャアンと運転手、箱が積んである所へ行く。ジャアンは書類と箱を照らし合わせて確認する。ジャアンと運転手は確認された箱を台車に乗せて倉庫の外に出て行く。彼らが作業をしている間、キイムは腕組みしたまま深刻な表情で椅子に座っている。ミスダーリンは生活用具のある所へ行ってあれこれ物色している。）

ダーリン　なあに、こんながらくたばかりか……。どれを見てもめぼしいものはないわね。

キイム　でもまだ十分使えるものだよ。

ダーリン　これみんなあんたのものではないでしょ？

キイム　半分は俺のものだよ！

ダーリン　（真鍮で作ったしゃもじを取り上げて）このお玉は誰のものなの？

キイム　そうだな……どうして、そのしゃもじが気に入った？

ダーリン　（叩く動作をして）ハンマーのように釘を打つ時なんかにいいわね。

キイム　メシを作る時に使うんじゃないの？

ダーリン　この昔の真鍮のお玉はとても丈夫だから欲しいわ。

キイム　こっちに来てみな、近くに。

ダーリン　いやよ。

キイム　近くに来いってば。話がある。

ダーリン　ここでも話は聞こえるわ。

キイム　おまえのお腹の子ども、俺の子である可能性はないのかい？

ダーリン　そうねえ……。
キイム　全くないの？
ダーリン　全くないとはいえないでしょ。
キイム　じゃあ半分ぐらいは可能性があると見てもいいのかい？
ダーリン　なぜそんなこと聞くの？
キイム　どれぐらいかは知っておかなくちゃ？
ダーリン　ううーん……どれぐらいかしらね……。
キイム　三分の一？　それとも四分の一？
ダーリン　あたしも知らないわ。あんたの思いどおりに決めてよ。

（倉庫の外で箱を移していたジャアンとトラック運転手の間でいい合いがおこっている。ジャアンはトラック運転手に手紙を届けてくれるようにお願いをし、運転手は声を高くして拒絶の理由を説明する。）

運転手　それは気違いざただよ！　わざわざまちがったと手紙をやることはない！
ジャアン　（手紙を運転手に差し出して）お願いですから届けて下さい！
運転手　あのなあ、わしが箱を運んで来るから箱の持ち主と顔を合わせられると思っているようだが、それは大きな勘違いだ。わしはな、何が何かもわからないでただ積んで来ては、また、ただ積んで行くだけなんだよ。実際わしが知っているのは、停車場で何台かのトラックが箱を分けてもらう時に会う分配班長の苺っ鼻と、倉庫に保管して再び分けて積んで停車場で会う受付の班長の目っかち、この二人だけだよ。苺っ鼻と目っかちっていうのはわしが付けたあだ名で、もちろん本当の名前はあるさ。だけど奴らがわしの名前を呼ばないで博打うちと呼ぶように、わしも奴らをあだ名でしか呼ばないんだ。いずれにしろ、苺っ鼻が箱を分配する所は停車場の右側で、目っかちが箱を受け付ける所は停車場の左側だ。そして奴らは二人とも同じ停車場で箱を取り扱ってはいるが、互いに顔を一度も合わせたことさえない。

ジャアン　あだ名でも本名でもどうでもいいです。（手紙を無理やり運転手の手に握らせる。）箱を積んで行く所にわたしの手紙を持って行って、次の人に届けてくれといえばいいんですよ。

運転手　わしがおまえの手紙を目っかちに渡せば、目っかちは次の人間に届けて、次の人間はまた次の人間に……つづけて運搬される箱について行って、一番最後には箱の持ち主に届くのを願うというのか？

ジャアン　ええ、まさにそうです。

運転手　それがまた大きな思い違いだよ。付属品が入った箱はな、途中で幾つもの方向に分けられるんだよ。

ジャアン　付属品の箱は結局は一カ所に集められるのではないんですか？

運転手　もちろん、集められるものもあるだろう。箱が一カ所から来て何カ所かに分かれていくのか、いろいろな所から来て一カ所に集められるのか……。それはそういうこともあり、そうでないこともある。いずれにしろ中間にいるわしたちにはどうなっているかわからない。

ジャアン　でも箱の持ち主には必ず知らせなくては。とんでもなくまちがった箱一つのために、何かまちがったものが作られたらまずいじゃないですか。

運転手　まちがったものが作られるって……。それはどういうことだい？

ダーリン　（離れた所で聞いていたが大きな声で叫ぶ）あるものすごく素晴らしい機械だそうよ！　この世の中の人びとを楽しく喜ばせてくれる不思議な機械よ！

運転手　（ダーリンに叫ぶ。）どんな機械だと？

ダーリン　（大声で）機械じゃなくて爆弾だそうよ！　この世の人たちをいっぺんに殺すのよ！

運転手　一体何をいってるのかわからん！（ジャアンに）いずれにしても、箱の中の付属品で何を作るのかを知ることはできない。もし爆弾を作るんだとすれば、かえって箱がまちがえられたことで人びとの命を救えたんだから良かったじゃないか？（ジャアンの手紙を宙に浮かせ二つに破って）なあ、おまえさん、どうしてそんなに気が弱いんだ。この小さな倉庫の中ですべてのことを誠実にやることが、実は倉庫の外ではとても大きなまちがいになるのだと考えてみな。そうすれば箱一つぐらいまちがえたからって不安がることはないんだ。（二つに裂いた手紙をジャアンのズボンの両ポケットにつっこむ。）どんなことが起こっても倉庫の外に知らせる必要はない。それが良いことであろうともまちがったことであろうとも、知ったことじゃない。そのまま放っておくんだ。倉庫の中のおまえさんには、それが気楽でいい。

ジャアン　（手に持った書類を眺めて）そうしたらこの書類はなんですか？　誰かがこの書類を見れば、箱がまちがわれていることがわかるでしょう？

運転手　書類が完全だと信じるのはバカばかりだよ！　いい例がある。わしの女房はとうの昔に死んだんだが、死亡届を出していなかったんだよ。だから役所で戸籍を取り寄せてみると、今も書類上では堂々と生きていることになっているんだぜ。さあ、のろまの旦那、ぐずぐずしていないで早く箱を移そう！

（ジャアンとトラック運転手、台車に乗せた箱を倉庫の外に運んで行く。ベッドに座っていたキイムは起き上がって自分の毛布をくるくると丸めて片づける。そしてベッドの下の古びたトランクを取り出し物を拾い入れる。ミスダーリン、キイムのそばに近づく。）

ダーリン　やっと決心がついたの？

キイム　そう、一緒に行って暮らすことにした。

ダーリン　（生活用具がある所で皿、茶わん、湯呑み茶わんなどを古びたトランクに入れて）かまわずにみんな持って行くわよ。

キイム　（ダーリンが詰めたものを再び取り出して）いや、俺の物は半分だけなんだから！

ダーリン　二人で一緒に使ってたものはどうするの？　半分に分けることなんかできないじゃないの。

（ジャアンと運転手、台車に箱を積んで倉庫の中に入って来る。）

運転手　わしらは箱をみな積み終わった。ところでおまえたちは荷物も積まないで何をしていたんだ？

ジャアン　荷物って……？

キイム　うん、そういうことになったんだ。今日、俺はこの倉庫を出て行くよ！

ジャアン　本当に行くのかい？　こんなに急に……？

キイム　すまない！　でも、いざ出て行こうとするとちょっと名残り惜しいな。（倉庫の中を見回して）おまえとここでどれだけ暮らしただろうか……何十年もはるかになるな、多分……。

ジャアン　そうだ……俺たちは何も世の中を知らないうちからこの倉庫番だった。

キイム　いつもおまえは俺を世話してくれてありがたかったよ。

ジャアン　俺を継母《ままはは》だと憎んでたくせに、何を……。
キイム　本気で憎んでたわけないだろ？（キイムを抱き締める。）どうか行かないでくれ！　この倉庫も、俺も、何も変わらないじゃないか？
ジャアン　俺もわかってる。
キイム　それはできない。この倉庫はこれ以上俺が住む所じゃない。
運転手　野郎同士で別れるのに何の話がそんなにあるんだい？（倉庫の外へ出て行きながら）時間がないんだ！　わしは先にトラックに行って乗ってるから、おまえたちは早く荷物を積んで出て来い！
ダーリン　（真鍮のしゃもじで叩いて音を出しながら）まああね、お互いに自分の物を選んでみてよ。
キイム　（ジャアンの腕を放して）俺は自分の物がどれだかよくわからない。のろまさんよ、おまえが選んでくれよ。
ジャアン　いいや、使えるものがあればみなおまえが持って行け。
キイム　おまえはこの倉庫の中で一人で暮らすんだよ……。
ジャアン　俺の心配はしないで早く先に選べよ。そうだ、俺がおまえにやるものがある。（ベッドの下の箱の中からきれいな色のセーターを探し出す。）おまえの誕生日にあげようととっておいた物だが、別れの日の贈り物になってしまったな。
キイム　（ジャアンからセーターを受け取って体にあててみる。）いいじゃないか！
ダーリン　（ジャアンのベッドの下を眺めて）いいものはこの奥にみんなあるじゃないの！　これを持って行ってもいいの？
キイム　だめだ、それには手をつけるな。

ジャアン　持って行きなよ。

ダーリン　（ジャアンのベッドの下から箱を一つ取り出す。）これはなあに？

ジャアン　干し鱈の頭だよ。それは持って行ってください。きっと必要になるだろう。

ダーリン　干し鱈の頭……？

キイム　これがどうして必要なのかは今にわかるようになるんだ。（箱を開けて干し鱈の頭を一つ取り出してジャアンにやる。）俺はおまえにこれしかやるものがないな。俺を思い出すだろう、いつもそばに置いといてくれ。

ジャアン　（干し鱈の頭を受け取って）ああ、いつも俺のそばに置いとくから。
（倉庫の外から運転手の催促するクラクションが鳴り響く。ミスダーリンは急いで品物を毛布につつむ。）

ダーリン　父さんが催促してるわ。（箱と毛布を持ちあげて）早くもって出ましょうよ。

キイム　（トランクを持って、ジャアンに）じゃあ元気でな。

ジャアン　（仕方なしに答える。）ああ……じゃあ幸せにな。
（キイムとミスダーリン、倉庫の外に出て行く。ジャアンは干し鱈の頭を食卓の上に置いて、出て行くキイムを見つめる。倉庫の扉の前からキイムの叫ぶ声が聞こえる。）

キイム　（声）この倉庫の前の箱はどうするんだ？　俺が少し中へ運んでおこうか？

ジャアン　大丈夫だ！　俺一人でもできるから！
（倉庫の外へ出るのがうれしいというようなキイムの喜びの声が聞こえる。トラック運転手とミスダーリンの笑う声も聞こえる。しばらく後、トラックがクラクションを鳴らし発って行く音が聞こえる。倉庫は静かになる。ジャアン、食卓の前に力なく座り込む。老いて弱々しくなった様子だ。彼は食卓の上に置いてある干し鱈の頭をまじまじ見つめる。）

ジャアン　そうだ、俺もおまえのように頭だけが残ったな、ただ淋しくて……虚しい考えのつまった……頭だけ……が……残ったのだ。（両手で干し鱈の頭をつかんで顔に近づけ、まっすぐに見つめて）話してくれ、おまえの目には俺がどのように見えるのか？　どれほどか長い日々……俺はこの暗くて小さい倉庫の中で……幸せだったんだ。箱を下ろしては……送り出して……俺が任されている仕事を誠実によくやっていると見なされる……それを俺は支えに生きて来たが……けれど万が一……世の中がとんでもなくまちがっているのなら……この倉庫の中での誠実さには……どんな意味があるのか？（間）干し鱈の頭よ、なぜ黙っている？　キョトンと見ているばかりでなんで答えない？（干し鱈の頭を食卓の上に置く。）いや、俺の疑問がまちがっているのだ。がらんどうになって残った頭の中の考えだけで、世の中をまちがっていると判断してはいけない。（台車に積んだ箱を書類と照合して一人で積み始める。）ちゃんとした場所に箱を移しておけ！　正確に積むんだ！　まちがったらいけないぞ！　ただ一つのまちがいもなく、絶対にまちがってはならんぞ！

（ジャアン、ゆっくりと誠意をこめて箱を積む。舞台照明、徐々にジャアンに絞りながら暗転する。）

――幕――

李康白（イ・ガンペク）
1947年大韓民国全州生まれ、71年、東亜日報新春文芸戯曲部門に『五つ』が当選。現在ソウル芸術大学劇作課教授。
主要作品（日本公演作）『プゴテガリ』『卵』『春の日』『ホモセパラトス』『七山里』他。
著書『イ・ガンペク戯曲全集』全７巻（平民社）
李康白戯曲集『ユートピアを飲んで眠る』（秋山順子訳、影書房、2005年）
受賞経歴＝東亜演劇賞、ペクサン芸術大賞戯曲賞、大韓民国文学賞、ソウル演劇祭戯曲賞他。

秋山順子（あきやま・じゅんこ）
秋田県生まれ。未来社、影書房勤務を経て朝鮮語翻訳者に。

ホモセパラトス
二〇一三年二月二八日　初版第一刷
著　者　李《イ》　康《ガン》　白《ペク》
訳　者　秋山《あきやま》　順子《じゅんこ》
発行所　株式会社　影書房
発行者　松本　昌次
〒114-0015　東京都北区中里三―四―五
ヒルサイドハウス一〇一
電　話　〇三（五九〇七）六七五五
ＦＡＸ　〇三（五九〇七）六七五六
E-mail=kageshobo@ac.auone-net.jp
URL=http://www.kageshobo.co.jp/
〒振替　〇〇一七〇―四―八五〇七八
本文印刷＝ショウジプリントサービス
装本印刷＝アンディー
製本＝協栄製本
©2013 Lee Kang Baek
落丁・乱丁本はおとりかえします。
定価　二、〇〇〇円＋税

ISBN 978-4-87714-432-6　C0074

李康白戯曲集　秋山順子訳

ユートピアを飲んで眠る

七山里／ユートピアを飲んで眠る／寧越《ヨンウオル》行日記

四六判上製
¥2000
三作品収録

戦後文学エッセイ選　8

木下順二集

四六判上製
エッセイ二九篇収録

影書房刊

（定価は税別）